L'ÉVEIL DE LA LOUVE

ALBANE HEYL

© 2021, Albane Heyl

Édition : BoD – Books on Demand

12/14 rond-point des Champs-Élysées, 75008 Paris

Impression : BoD - Books on Demand, Norderstedt, Allemagne

ISBN : 9782322376490

Dépôt légal : juillet 2021

Illustration couverture : Loule More

En souvenir d'Hervé Scala, et de ses succulentes transmissions de bio-psycho-généalogie.

1

Elle l'avait décidé depuis longtemps, bien avant sa naissance : ses yeux seraient bleus. Bleu-lavande ! Pas de ce bleu qui scintille comme un de ces lagons du pacifique que l'on montre à la télé, non ! Plutôt un bleu passé, lavé, délavé ; un bleu que l'on pourrait choisir d'éteindre, comme s'éteindrait une flamme, puis de rallumer d'un souffle. C'est ça : ses yeux seraient sans flamme, pas toujours, juste quand il le faudrait et aussi longtemps qu'il le faudrait. Parfois au détour d'un arc-en-ciel, de la douceur d'un moment, d'une petite chaleur au cœur, elle les teindrait d'une brillance à l'intensité choisie pour l'occasion ! Mais jusque-là aucune autre couleur que ce bleu sans nom : du pâle, du transparent ; c'est comme ça qu'elle s'est voulue : pâle et transparente, aucune couleur, aucune odeur, juste de l'inaperçu, juste inaperçue, Helga, aujourd'hui Maman ! Vingt ans ! Vingt années de sa vie à préparer ce jour-là !

Disons plutôt dix-sept, parce qu'en vérité, elle avait bien essayé de se donner des couleurs, il y a longtemps, au début de tout ça. C'était une boule chauve, alors, Helga, chauve et potelée, un gros bébé, comme on les aime au pays, de ces bébés à qui l'on pince la peau à tout bout de champ : la peau des joues, la peau du ventre, la peau des fesses…. De ces bébés que l'on mange de baisers.

Helga… Maman lui avait donné un nom de vedette : Helga Baum, cette superbe blonde, si élancée que ses os se dessinaient à l'orée de la peau diaphane. Helga Baum domptait les foules en chaloupant des hanches inexistantes sur les podiums de mode et maman rêvait. Elle se rêvait mannequin, chanteuse, comédienne…

Tout le monde le lui disait : avec sa taille fine et ses jambes interminables, c'est sûr, elle serait mannequin ! Elle en avait passé des heures devant son miroir à ajuster les draps de lit autour de son corps, bombant le torse, essayant des regards vaporeux, envoyant des baisers légers du bout des doigts aux fans imaginaires qui l'admiraient dans un silence mystique. C'étaient des moments tout à elle, dont elle émergeait hagarde et magnifique. Mais qu'un regard la frôle, un seul regard, anodin, indifférent même, et la voilà qui rentre timidement la tête entre les épaules, comme une tortue. Elle peut attendre des jours entiers, bien lovée au cœur de sa carapace, que sorte enfin le soleil. Parfois, elle tend un cou curieux et quêteur, presque téméraire. Mais elle reste timide la tortue : dès qu'une main se tend, elle s'enfonce vivement dans sa maison d'écailles, celle qui protège de tout. La maman d'Helga est comme ça : lorsque se risque une tendresse, elle s'affole et se cache !

Helga aussi héritera de la tortue, ce drôle d'animal ! Indépendante et obstinée, elle a choisi son chemin et n'en n'empruntera pas d'autres. Une route, une seule, et jusque-là, elle hiberne. Pas grave si c'est long, de la patience elle en a à revendre, Helga du clan de la tortue ! Elle n'est pas si mal là, elle n'a qu'à attendre le moment vrai, pour être enfin !

Pas d'autre ressemblance entre la mère et la fille, que la patience. Pas timide Helga. Pas quêteuse. Petite tortue ne s'intéresse pas au monde, elle ne regarde personne. Petite tortue ne rêve pas non plus de devenir star. Elle attend juste dans son cocon, avec son regard sans lumière que vienne l'heure de jaillir à la vie. De vie, elle n'en veut qu'une : celle qui lui permettra de vibrer à chaque instant, sans cela elle restera tapie dans sa forteresse.

Ses premières années de vie lui avaient appris qu'il faut vouloir dans son cœur, et bien cloîtrée, attendre l'instant juste. Inutile d'exiger : naître ne donne aucun droit. Elle le sait bien, elle, qui pendant ses premiers mois d'existence avait tout tenté. Elle avait hurlé jours et nuits, tempêté, appelé. Très vite elle s'était redressée, très vite elle s'était levée. Et elle criait toujours, droite sur ses pieds encore tordus, les menottes crispées sur le bois blanc du parc prison. Elle criait pour un royaume de tendresse et de liberté ; elle criait, les cheveux hérissés, les joues rouges, les yeux étincelants de vie, la colère éraillant sa gorge. Elle criait son dû !

Puis un jour, elle avait cessé de vouloir, d'appeler, d'exiger. Il n'était plus resté que les cris indispensables, ceux qui permettent de se fondre, et elle s'était fondue au milieu de tout. Elle avait terni, grise mais sans trop, grande mais sans trop, intelligente mais sans trop… Sans trop de rien : voilà ce qu'elle était Helga, aux yeux bleu lavande délavés. Alors, un rien transparente, aussi tenace que la tortue, elle a enfoui son projet dans sa carapace, et durant les dix-sept années suivantes, elle a préparé ce jour-là.

C'était arrivé, enfin !

2

Max attrapa la fourche et à grands coups de moulinets nerveux fit passer le fourrage de l'autre côté de la barrière en bois. Il faisait trop froid pour sortir les bêtes. De toute façon, il n'avait pas le temps. Il faudrait que le père et le frangin assurent tout aujourd'hui : lui, il avait bien autre chose à faire, et un jour comme celui-là, les quelques heures offertes à la communauté familiale seraient bien suffisantes !

Les brûlures du froid étaient d'autant plus agressives qu'il ne s'était pas couché. Ses mâchoires étaient scellées, ses yeux un peu trop bruns, ses lèvres un peu trop blanches, un air colère… ou peur… un mélange… Quoi ? Quoi ? Les pensées s'affolent. Tant de choses allaient changer désormais. En avait-il envie ? Ses soupirs questionnaient les lueurs de l'aube.

Allez ! Zou ! Ça sert à quoi de penser à tout ça ? D'ailleurs, qui lui demandait de penser ? Ben oui, qui ? Pas Helga en tout cas ! Avec son demi-sourire tout doux, l'Helga, elle pense pour deux, elle décide de tout, toujours ! C'est vrai, il a beau se creuser les méninges, il ne se souvient pas avoir pris une seule décision ! Helga, elle ne dit pas grand-chose, ne demande rien, et n'exige jamais. Oh non, c'est pas une autoritaire la Helga ! Elle sourit tout le temps, un peu ! Non pas tout le temps en fait, des fois elle boude ! Alors ses yeux se chargent d'orage, juste un peu, pas au point de péter des éclairs ! En silence, elle coule dans le gros fauteuil marron, replie ses jambes sous elle, en étirant de ses genoux le grand tricot informe qu'elle garde depuis des années, les mains cachées dans les manches, et sa tête semble se détacher du corps devenu invisible. Drôle de truc ! Ouais, quand elle est en colère, Helga c'est toujours ce qu'elle fait : elle se décapite, puis l'orage s'éteint et il ne reste plus que le délavé et la Helga que je connais. L'autre, sans dec : elle me fait flipper ! Y a de la tueuse dans cette tête sans corps, je jure ! Heureusement, les auto-décapitations sont rares.

La plupart du temps, Helga fait juste semblant de bouder, alors, Max invente des grimaces, sans la toucher, imite le cocker malheureux, en gémissant comme un chiot, et elle se met à rire en l'attrapant par le cou.

— Qu'est-ce que t'es bête, mon pauvre Max, souffle-t-elle, de son accent si peu d'ici.

On n'y reconnait pas les roulements qui font rire la capitale. On entend juste la pointe nécessaire pour rappeler qu'elle appartient à nos terres, un chant aussi léger que ses gestes… des gestes un peu tendres, mais sans excès, calmes et achevés… Elle se démarque du coin, c'est certain ! On est un peu bourru, par ici : on ne dit pas, on ne montre pas ; on bougonne, on ricane, on se tait. Helga, elle, se dévoile quand on est tous les deux. Elle joue, elle rit, elle cajole, se love, tout en douceur. Ses paupières se plissent sur ses yeux bleu pâle qui eux, ne disent rien… qui ne disaient rien avant tout ça.

Il s'en veut bien un peu, Max, de ses refus de sortir, de toutes les fois où il fait semblant d'avoir oublié pique-nique, ciné, restau ! Sortir, c'est pas son truc, faut dire… Lui, ce qu'il aime, c'est la bricole dans son garage. Monter-démonter… Des moteurs, des horloges, des télés… Comprendre ce qu'il se passe quand tout à coup un silence révèle une panne. Remettre en route, ou perfectionner, rien ne l'arrête ! Parfois inventer, même des trucs qui ne servent à rien, juste pour lui, pour rigoler… Quand une panne se présente, Max pénètre l'objet pour ne faire qu'un avec lui, alors, le temps, le monde n'existent plus ; Max n'est jamais pressé. Quand enfin la guérison de l'objet est assurée, il est fiérot, content pour lui-même en même temps qu'inconscient de l'exploit.

Il aime aussi les travaux des champs, donner la main au père et au frère sur l'exploitation. Aucune contrainte, il aime ça : sentir ses muscles tirer, sa transpiration l'engluer. Il aime sentir la terre se plier sous ses assauts, se laisser peu à peu dompter pour enfin accepter avec grâce l'appartenance mutuelle.

Il en aime des choses, le Max ; il aime aussi l'usine où, depuis peu, il gère l'équipe de l'entrepôt de bois. C'est nouveau pour lui d'organiser le boulot des potes, il est encore un peu gêné, alors il continue à charrier, classer et s'enivre de cette odeur de résine, de colle et de poussière.

Oui, il en aime des choses… Mais le romantisme au clair de lune et les sorties restau, ça n'en fait pas partie ! Le troquet avec les copains, passe encore, mais le restau ? Trop chiant ! Trop d'attente ! Trop cher ! Ben ouais, c'est ça qu'il pense Max : A la maison on bouffe mieux et… en dépensant moins ! Pas qu'il soit pingre le Max, mais tout de même : le restau…

Ha Helga ! Tout ça pour dire qu'elle sourit presque tout le temps mon Helga ! Jamais un son plus haut que l'autre…

Peu de sons d'ailleurs, et pourtant, il se retrouve tout le temps à faire des choses auxquelles il n'aurait jamais pensé tout seul : une balade en montagne, une sortie au ciné, un dimanche en famille – ça c'est plus probable, sauf que c'est toujours dans sa famille à elle. Pourtant, il n'aurait jamais imaginé rater un seul dimanche de réunion à la ferme du paternel ! Ça non ! C'était une institution le repas dominical à la ferme… Ben plus maintenant ! –

Max regarda sa montre. Déjà huit heures, il était temps

qu'il retourne à l'hosto ! Il s'appuya sur la fourche, le menton posé sur ses mains, même pas pensif, juste un peu ailleurs, emporté par une fatigue qu'il ignorait encore. Ça sentait bon le café, il eut envie d'en boire un.

Tout près, la lourde porte de bois de la maison voisine grinça, son père sortit le dos courbé, les jambes en arc de cercle dans des bottes de plastique vertes. Il fit un geste de la tête vers Max. Un salut. L'échange s'arrêterait là !

Max regarda à nouveau sa montre. Pas de café. Se dépêcher. Max commençait à être inquiet. Aucune nouvelle depuis qu'Helga l'avait chassé de l'hôpital. Ouais ! Ouais ! C'est sûr, il aurait dû rester. Il le sait ! Mais, quand Helga lui avait intimé l'ordre de partir, il ne s'était pas fait prier. Il n'en pouvait plus de faire la navette entre la chambre, le couloir et le jardin, complètement inutile. Sauf que depuis : rien ! Pas le moindre appel ! Il ne savait même pas si Helga continuait à gémir ou si tout s'était apaisé. Bon signe ?

Max aspergea son visage de l'eau glacée qui alimentait l'abreuvoir, puis se dirigea vers sa nouvelle vie.

3

Le gros Land Rover, sièges en cuir qu'il avait placés lui-même, embrassait souplement les courbes de la petite route. Le son de la radio était poussé assez fort. Max se régalait à laisser la musique envahir l'univers chouchouté de sa voiture. Sans y penser, il alluma une cigarette. En tirant sa première bouffée, il eut un sourire : Helga n'était pas là pour lui jeter un regard furibond. Depuis que son ventre grossissait, elle faisait des caprices anti-clops : pas dans la voiture, ni dans la maison, ni bien sûr dans sa bouche à elle. Pas très cool d'aller se les geler dans le jardin pour satisfaire madame, d'autant qu'elle plissait les narines et les lèvres dès qu'il rentrait. Il avait dans l'idée que ça n'allait pas s'arranger dans les mois à venir, sans doute même les années à venir, alors, il s'était organisé son petit coin à lui, dans le garage, près des outils : musique, fauteuil plastoque, vieille téloche et un petit tronc d'arbre sur lequel un gros cendar débordait de mégots. Interdit aux femmes enceintes ! Et s'il avait osé : interdit aux meufs tout court !

Le dégivreur luttait contre la buée ; la campagne s'éveillait fraîchement. Les arbres étaient encore un peu gris et balançaient leur feuillage encore rare sous l'effet d'un petit vent placide. Le ciel était d'un bleu hésitant et le soleil peinait à prendre le pouvoir. Les premières maisons montalbanaises apparurent, crachant quelques lumières.

Max ne s'était pas douché depuis plusieurs heures. Il fit une grimace en reniflant un de ses dessous de bras, et tendit la main vers la boîte à gants à la recherche d'un truc qui pourrait sentir bon. Rien ! Merde ! Il ouvrit la vitre et laissa l'air froid s'engouffrer dans sa bouche, espérant, au moins, geler son haleine.

4

La porte s'ouvrit sur un gros bouquet de fleurs. Helga n'avait pas entendu frapper. Mais avait-on frappé ? Tout son petit monde était si impatient de partager avec elle ce qu'elle avait tenu à vivre seule. Elle ne voulait personne auprès d'elle. C'était son histoire… Le début de son histoire, et elle l'attendait depuis si longtemps… Personne, non personne, n'avait le droit d'être là. Même le doc allait être chassé. Elle avait retenu ses cris, afin qu'on ne lui prête aucune attention particulière. Bon sang, c'était douloureux ! Ça faisait tellement mal. Mais elle ne voulait pas non plus de péridurale !

— Mais t'es dingue chérie ! Tu sais ce que c'est un accouchement ? Une torture ! Si on m'avait proposé la péridurale, à moi… Accepte, tu verras bien au dernier moment !

Sa mère s'inquiétait… Elle qui avait en mémoire l'horreur des contractions, toutes ces heures épouvantables, seule avec la sage-femme, seule à se demander où était le père. Et elle en pleurait autant de douleur que de déception. Elle avait tellement espéré qu'avec la naissance du bébé, il deviendrait grand… Il était si heureux de ce ventre qui s'arrondissait. C'est sûr, il continuait la fumette, les soirées glauques à jouer son fric dans la grange, l'alcool, ses petits trafics de came !

C'est vrai, mais il ne gueulait plus pour un oui ou un non. Il affichait un air satisfait et avait souvent des petites attentions gentilles comme tout ! Alors, Marie-Jo, elle y a cru, pardi ! Avec ce premier enfant, ils allaient devenir une famille. Il travaillerait, Robin, pendant qu'elle s'occuperait du bébé et de la maison, parce que c'était bien comme ça, et non parce qu'il l'avait enfermée, comme il le faisait souvent pendant ses crises de dingue. Le soir, il ferait rire le bébé aux éclats, pendant qu'elle s'occuperait du repas. Les copains passeraient, et tous ensemble, ils fumeraient un pétard, peut-être deux ou trois, mais rien de plus ! Puis, on ne jouerait plus de fric aux cartes, ça non ! Parce qu'un bébé ça coûte de l'argent : il faut le nourrir, lui acheter des couches, et puis trouver des jolies choses pour sa petite chambre, des lumières douces, des draps de toutes les couleurs, des peluches par milliers… Le fric des cartes, on en avait besoin ! Surtout que Robin, il avait pas trop de chance avec le travail…. Elle lui en avait parlé à Robin. Il ne s'était pas mis en colère, il lui avait caressé le ventre en disant : « T'inquiète poupoule ! Ce bébé sera le roi du monde ! ».

Et il n'était pas là Robin, à lui tenir la main pendant qu'elle souffrait. Bon sang, qu'elle avait souffert : des heures et des heures ! Alors, elle ne comprenait pas Marie-Jo. Elle ne comprenait pas pourquoi vingt ans plus tard, sa fille aînée affirmait d'un ton buté.

— Personne à mon accouchement ! Et pas de péridurale !

— Tu vas le regretter, c'est sûr !

— Et bien j'assumerai maman, tant pis pour moi ! J'assumerai !

Marie-Jocelyne savait bien que quand Helga avait ce regard lointain, ses fines lèvres pincées, il était inutile d'insister. Mais décidément elle ne comprenait pas !

— Bonjour, amour !

Max s'approchait en douceur, un peu pataud, les yeux brillants, comme fiévreux. Il n'avait pas dormi, faisant les cent pas devant l'hôpital, fumant cigarette sur cigarette, buvant café sur café. Il était bien content qu'Helga n'ait pas voulu de lui pendant l'accouchement. Il l'aurait fait : il fait toujours ce qu'Helga veut ! Mais franchement, ce refus là, ça l'arrange bien, le Max ! Ho ! Peut-être qu'il ne serait pas tombé dans les pommes, c'est pas une mauviette le Max, mais quand même, il n'a pas bien envie de voir un truc sortir du corps d'Helga ! Surtout par là.... Non ! Non ! Non ! De quoi le rendre impuissant ! C'était sûr, après, il ne pourrait plus bander avec Helga ! Et ben ça, il préférait que ça n'arrive pas !

Elle l'avait toléré, de longues heures, avait parfois réclamé sa présence, recherché son regard, sa main, puis l'avait chassé d'un « dégage maintenant » aussi brutal et incisif que son souffle était ténu et saccadé.

Max s'approcha d'Helga et l'embrassa sur la joue. Elle avait les traits tirés, des poches sous les yeux, un teint crayeux. La grossesse lui avait filé quelques boutons et comme du silicone dans les joues. C'est bien comme ça qu'elle était entrée à l'hosto, il y a onze heures environ, en gémissant quand c'était trop insupportable. À vrai dire, il y a onze heures, elle ne gémissait pas tant que ça. Elle était venue à l'hôpital beaucoup trop tôt. Tout le monde lui disait d'attendre ! Mais non, elle avait le feu aux fesses, dès qu'elle avait senti que ça se contractait côté ventre, elle avait exigé de partir.

— Max prend la valise, on trace !
— Hein ? Quoi ? T'es sûre ?
— Bouge j'te dis, on y va !

Rien à rajouter, on est parti, et elle a attendu six heures avant d'être placée en salle de travail !

Tout ce temps, Max était resté près d'elle, sans parler, sans fumer… Enfin, presque sans fumer ! Par moments – souvent – il s'échappait, pour en griller une, ou la moitié d'une –

selon son degré de culpabilité – dans le vent glacial qui chahutait à l'entrée de l'hôpital. Le reste du temps, il lui tenait la main, sans trop savoir quoi faire, sans trop comprendre ce qui allait se passer. Apeuré, intimidé, il se sentait tellement impuissant ! On ne pouvait pas dire qu'il n'y comprenait rien… c'était tellement au-delà de ça ! Tellement ailleurs ! Il ne pouvait même pas se rendre compte qu'il n'y comprenait rien ! Il avait l'impression que tout tourbillonnait autour de lui, oui, c'est ça : il était le centre de ce tourbillon blanc et vert qu'était le personnel de l'hosto. Ça passait, ça repassait, à pas feutrés et rapides, dans la pièce, autour de la pièce, à tous les étages. Tout fourmillait d'une agitation qui paraissait avoir un but. Parfois les images s'accéléraient… Parfois tout se calmait, se ouatait… Et lui, il était là, immobile, tenant la main d'Helga, s'accrochant à la main d'Helga. De temps en temps, elle lui souriait. Tout près, des futures mamans pleuraient, priaient, hurlaient, tempêtaient. Ben, pas Helga ! Elle, elle laissait sa main froide – Helga a toujours les mains froides, les pieds froids, le nez froid, d'ailleurs Helga a toujours froid, et elle frissonne à longueur de temps – dans la grande main immobile, rugueuse et chaude de Max, et elle lui souriait quand elle n'était pas occupée à grimacer ou à rêver de cet air étrange qui était le sien depuis le début de la grossesse. Elle lui souriait, exaucée… Comme pour lui dire merci ! Si elle le prenait comme ça tant mieux !

Max cassait tout son vertige en allant fumer sa clope dans l'air piquant de ce mois de Mars qui avait oublié le soleil d'un printemps pourtant proche. Il était perdu, s'affolait, s'irritait. Il ne savait pas trop contre qui diriger son amertume, mais il se retenait d'en vouloir à Helga ! Ce serait trop moche ! Dire qu'il s'était rêvé fier et ému… Mais c'était quand alors qu'on était content ? Pourquoi il ne ressentait pas ces choses-là lui ? Les autres, tous les autres, étaient fiers non ? Tous exultaient en regardant leur femme les détester, non ? Ils encaissaient les coups, l'air béat et attendri… Il voyait le bonheur dans le regard de ceux qu'il croisait dans le couloir immaculé. Alors pourquoi ça ne se passait pas comme ça pour lui ?

Helga ne le détestait pas. Helga ne le frappait pas. Helga l'oubliait.

Max bougonnait ! Il maugréait parce que personne ne s'occupait d'eux, parce qu'il était en manque de nicotine, parce qu'il aurait bien bu une bière ou deux, parce qu'il avait sommeil, parce qu'Helga gémissait et qu'il ne savait que faire, parce qu'il se sentait en faute ! Pourtant, c'est bien elle qui l'avait voulu ce mioche !

Lui, il n'y pensait même pas ! Ils avaient bien le temps ! D'ailleurs, ils ne vivaient même pas ensemble ! Certes, ils dormaient ensemble tous les soirs, et ça depuis très longtemps, mais en hôtes – pas toujours bienvenus – des parents de l'un ou de l'autre. Pendant plusieurs mois, il leur est même arrivé de croire qu'ils étaient chez eux dans la maison de la mère d'Helga. Mais, ils n'avaient pas de chez eux. Helga n'avait pas fini ses études, elle passerait son diplôme quelques semaines plus tard. C'était important pour elle. Elle voulait ce BTS, presque aussi intensément que deux ans plus tôt elle avait voulu son bac. Le Bac, c'était comme un trophée indispensable. Y avait bien que les profs qui n'y croyaient pas : qu'est-ce qu'ils lui en ont fait voir ! Primaire, collège, lycée comme s'ils s'étaient passé le mot ! Les instits, les profs de ci, les profs de ça, les dirlos, et chefs en tous genres, ils l'avaient repoussée, méprisée, retardée, ne voyant que l'absence d'éclat dans ses prunelles bleu lavande. « Oui, c'est un fait, cette année, elle arrive à suivre le programme, mais l'an prochain, ce sera plus complexe. Nous lui rendons service, vous comprenez, en lui proposant le redoublement, en lui proposant telle ou telle voie ! Elle sera plus à l'aise avec des élèves comme elle… ». Comme quoi, bande de nases ? Année après année, les mêmes humiliations, les mêmes bagarres pour se faire accepter… Helga n'avait jamais paru souffrir de la complexité des programmes, mais les prédictions malveillantes reprenaient pourtant tels des rituels. Pas un seul de ces demi-dieux insultants, n'a fait mine, une fois, une toute petite fois de s'excuser pour l'erreur de tous. Ils jugeaient des taches sur un pull, les fréquents retards du lundi matin, les mini jupes sur les jambes interminables de la mère, les bagarres des frères, l'absence d'un père qu'on disait derrière les barreaux. Marie-Jo, avait souvent pleuré de ce mépris qui collait à ses pas, Helga, elle, avait choisi d'ignorer et d'avancer, tenace, sous sa petite carapace. A chaque proposition du collège, puis du lycée, elle regardait au loin et fait signe que non. Elle refusait de parler, pinçait ses lèvres fines, ses yeux devenaient presque transparents, tellement ils étaient délavés. Marie-Jo racontait ces affrontements une pointe de fierté dans la voix. Elle expliquait sa propre angoisse, son incapacité à ouvrir la bouche devant tous ces gens qui représentaient l'école, ses larmes lorsqu'ils insistaient. Elle disait aussi sa solidarité avec sa fille. Helga refusait, Marie-Jo soutenait contre vents et marées et Dieu sait combien de tempêtes il avait fallu braver !

Alors ce bac, oui, c'était le trophée d'Helga, et elle ne l'aurait laissé pour rien au monde !

Aujourd'hui, le BTS, c'est les doigts dans le nez, même avec une grossesse et un bébé, Max en est certain. Helga elle n'a même pas besoin d'étudier, elle a toujours des notes incroyables. Elle est intelligente la Helga, avec son petit air de rien. On le sait tous dans la famille. Lui, il aimerait bien qu'elle aille encore plus loin dans ses études, mais quand il lui en parle, elle fait son sourire rigolo et ne répond pas ! Il ne sait pas trop ce que ça signifie, mais il n'ose pas insister. C'est trop respect, les études !

5

Ils venaient juste de se réconcilier après une longue rupture.

— Maxou ? Sa tête était posée sur les genoux d'Helga, elle lui caressait les cheveux. Dans la torpeur d'un dimanche après-midi, il regardait, les paupières à demi fermées, les voitures qui se poursuivaient en hurlant dans le circuit ovale imprimé sur le petit écran. Il était bien.

— Humm ?

— Et si on faisait un petit ?

— Un petit quoi ?

C'est son rire qui l'alerta, plus que ses paroles. C'était un rire de gêne ; ce rire qu'elle avait quand elle avait bien cogité son coup, et qu'elle faisait comme si l'idée lui venait comme ça, par hasard, soudain… En général quand elle avait ce rire-là, il le savait : il était foutu, il allait se faire avoir ! Peu importe le sujet : jamais il n'emportait la victoire ! Il avait jeté un regard circulaire pour tenter de saisir d'où viendrait le coup : tout était semblable à d'habitude. Rien cet après-midi-là, ne l'avait préparé à ces gémissements de douleurs !

— Ben, grand bêta… Un petit ! Un bébé quoi ! Tu sais bien ce que c'est…

Whouaou… Quelque chose s'était bloqué dans son

plexus. La nuque raide, il avait fixé l'écran qui s'évanouissait. Il ne sentait plus que les doigts sournois qui effleuraient son crâne brûlant. Puis, il s'était redressé, avait regardé Helga avec un petit air comique, un sourire surpris et intimidé à la fois, un sourire déjà attendri.

— Sans déconner Helga ! Tu as dit un bébé ? Un bébé de moi ? Mais t'es dingue. Sans déconner ! Un bébé ? Un bébé !

Il avait éclaté d'un faux rire sauvage, esquissé quelques pas de danse devant la télé, et avait ouvert la fenêtre, ce qui avait eu pour effet immédiat de rafraîchir l'atmosphère, et de faire évacuer le nuage opaque laissé par les Marlboro malodorantes. Penché sur la rambarde, il avait hurlé aux improbables passants :

— Un bébé ! Ratounette Bogart veut un bébé de moi ! WHOUWHOUWHOUOOOO !

Helga riait de son petit rire sourd, celui qu'on pourrait ne pas entendre si on n'y prêtait attention. Cela faisait longtemps qu'il ne lui avait pas donné ce petit surnom : Ratounette Bogart ! Bogart, c'était la moquerie affectueuse de ses frères et de ses cousins-cousines depuis que gamine elle avait juré qu'elle ne se marierait qu'avec Humphrey Bogart, même s'il était trop vieux pour elle, et même s'il était mort, et de toute façon c'était lui le plus beau ! « Et Mmm ! » avait-elle tiré la langue avant de se détourner pour partir en grandes enjambées coléreuses vers sa chambre ! Pendant des jours et des jours ils l'avaient appelée Madame Bogart… Puis c'était devenu Bogart, personne ne savait plus pourquoi, mais les surnoms ça plaisait bien à la petite bande, celui-là était court, américain et son côté masculin collait bien à la grimpeuse d'arbres solitaire. Plus tard, lors de leurs premiers jeux amoureux, Max l'avait surnommé La Petite Rate, parce que disait-il, quand elle boudait en se cachant dans ses grands pulls, on ne voyait plus que son nez pointer, comme celui d'un petit rat femelle… Puis avec les gazous gazous sous les draps étaient venus les petits noms stupides, ceux qui accompagnaient les gestes de tendresse et « Petite Rate » était devenue « Ratounette », puis tout naturellement Ratounette était devenue dans l'intimité Ratounette Bogart !

Maxou faisait le clown en écarquillant les yeux. C'est qu'il était ému quand même : un bébé ! Lui Papa ! Papa ! Son père à lui en baverait des ronds de chapeau ! Non qu'il doute de la capacité de son fils à lui donner des petits-enfants, il ne doute jamais concernant ses fils, mais il faudra qu'il ferme son clapet, lui qui ne cesse de le bassiner pour qu'il quitte Helga. Il ne comprenait pas, le père, pourquoi il avait quitté la petite de la boulangère, pour cette Helga ! Il n'était pas bien avec cette jolie Marie-Rose ? Des années qu'il ressassait ça le père ! Faut dire que contrairement à Marie Rose, elle n'avait pas grand-chose Helga, surtout pas de terrain. En fait, elle n'avait rien ! Pour couronner le tout, elle n'aimait pas travailler la terre ! Peut-être bien qu'elle n'aimait pas travailler tout court ! Non, ce n'était pas une bosseuse, la Helga, ça non ! Elle lisait, regardait la télé, rêvait, souriait et c'était à peu près tout ! Elle ne faisait pas non plus le ménage, ni la cuisine, RIEN ! Elle se faisait gâter par sa maman et ses deux frères qui eux par contre savaient tout faire… sauf sourire !

On n'aimait pas, non plus, son voyou de père. Quand même la Marie-Jo avait le chic pour se dénicher des bons à rien, disait-on.

Puis, il y avait cette vieille, très vieille histoire… Ça datait de quand ? Plus personne ne savait trop, une histoire d'anciens sur fond d'entre-deux guerres. Une histoire qui concernait le grand-père du père d'Helga… C'est dire ! C'était quoi déjà ? Une histoire de traitrise, d'assassinat… L'agonie d'un jeune homme empalé sur les grilles d'une église… On ne sait plus très bien, mais Helga n'était pas née du bon côté : un tas de trucs était resté figé dans la tête du vieux qui gardait une haine héritée de la tradition familiale.

— Tu sais j'aurai bientôt mon BTS, je vais trouver un

boulot rapidos ; on pourrait aller dans la maison que ton père a retapée pour toi.

Ça faisait drôle qu'elle évoque cette période où il s'était passé tant de choses loin d'elle, cette période de la rupture. Et elle le faisait de ce petit ton calme comme si cela n'avait eu aucune importance, juste une parenthèse.

Max arrêta de gesticuler, son sourire se fit incertain, son regard incrédule,

— Mais Helga, tu es sérieuse ? Tu veux vraiment un… un gosse ?

Helga aussi cessa de sourire.

— Oui ! J'aurai bientôt vingt ans, toi vingt-trois ! Tu veux attendre quoi ? C'est pas comme si on en avait jamais parlé !

Max s'était gratté la tête en se laissant lourdement tomber sur le canapé et avait fixé le carrelage ébréché d'un air hébété. Il était quand même vachement content ! Et dans son dos, Helga le savait bien. Il pouvait presque la sentir exulter, préparant le renversement de situation qui l'amènerait à croire que c'est lui qui voulait un bébé. Ouais : un minot, car même le cœur débordant de joie, il ne pouvait s'imaginer la petite chose dépendante et vagissante, qu'il faudrait bercer. Nan ! Max voyait le petit mec à qui il apprendrait à faire du vélo, avec qui il jouerait au foot, qui serait son allié contre les femmes, et qui se passionnerait, le dimanche aprèm, pour le sport télé !

6

Il y eut un petit bruit, un rien, un souffle. Instantanément Helga se figea, son propre souffle suspendu, lèvres entrouvertes, regard fixe, muscles bandés : une guerrière ! Ce soldat-chasseur avait une expression d'une incroyable douceur. Il y avait comme un sourire sur tout son être. Max attendait, lui aussi aux aguets, retenant sa respiration, inquiet de tout le mystère qui suintait dans cette chambre.

Le petit bruit reprit, plus fort mais faible encore. Helga sourit enfin d'un vrai sourire en tournant la tête vers la caissette de verre accrochée sur la gauche du lit. Elle approcha avec douceur sa main. A ce moment la porte qui était restée entrouverte s'ouvrit franchement sous une poussée un peu brusque.

— Alors, ma belle Helga, comment ça va ? Que faites-vous déjà debout ? Est-ce bien raisonnable ?

Max reconnu Chantal, l'infirmière super sympa qui était là en début de soirée. Elle avait été très présente et attentive à tous leurs besoins. Elle avait beaucoup parlé, avec lui en particulier, rassurante, amicale, et drôle. A chaque moment clope, volé à cette nuit ininterrompue, elle était là pour dérider l'atmosphère et son front à lui, creusé d'attente et d'incompréhension. Petite bonne femme chaleureuse et énergique, elle secouait ses boucles un peu grisonnantes en faisant plisser les rides pleines de sourires qui sillonnaient ses tempes. Elle lui expliquait toutes les étapes de l'accouchement, lui rapportait les ragots de l'hôpital, revisitait les infos et parvenait à lui faire oublier, quelques minutes, que son Helga était occupée à fonder leur famille !

Dès que cet ouragan joyeux s'était emparé de la pièce, le visage d'Helga s'était fermé.

— Hum hum ! bougonna-t-elle tout geste mis en pause.

— Et vous, alors ? sourit-elle à Max. Eh ben vous n'avez pas si mauvaise mine pour quelqu'un qui s'est acharné presque toute la nuit sur son paquet de cigarettes... Elle est belle, hein ?

— Quoi ? s'étonna Max

— Ben, la petite ! Qu'il est benêt ! rajouta-t-elle en direction d'Helga.

Cette fois, il sut pourquoi sa respiration s'était soudain bloquée. Une petite, elle avait dit une petite !

Bon sang, mais quoi ? Mais quoi ? Comment ? Mais, oh la la !!! Ses pensées s'affolaient, son cerveau n'arrivait pas à les organiser, à les calmer. Et ce n'était rien comparé à ce qu'il se passait au centre de son ventre. Il ne pouvait trier le flot de sentiments qui l'envahissait. Tout se télescopait dans sa tête, dans son corps. Il eut envie de crier « Pouces ! ».

Une fille ? Mais... Mais... Comment était-ce possible ? Depuis le début Helga avait refusé de connaître le sexe de l'enfant. Ils faisaient des paris avec les potes le samedi soir en riant.

— Ho Max, comment tu vas l'appeler ta pisseuse ?

— Hé, conaud, tu m'as bien vu ? Non, non, regarde-moi, mieux que ça ! Regarde bien Max, là tu le vois ? Tu me vois bien ? Et bien le Max que tu vois là, il fait des mecs et rien que des mecs ! De futurs couillus, des qui vont mettre la piquette à toutes les équipes du tournoi des six » s'emballait-il sous les rires gentiment moqueurs de la bande !

— T'as raison ! Je te parie qu'elles vont détaler comme des lapins tes fillettes devant le Haka des All Blacks !

— Bande de naze ! Moi je parie…

— Ne parie rien Maxou joli, coupait Helga, aussi moqueuse que les autres, on sait tous que tu seras complètement gaga devant ta fille…

— Même pas je la regarde !

— … et que tu pleureras comme un perdu lorsqu'elle se mariera, » continuait-elle tendrement ironique !

— Hein ? Mariée ? Ma fille ? Avant qu'un mec s'en approche… menaçait-il du regard et de la voix. C'était un jeu, mais parfois il avait l'impression qu'il en faudrait à peine plus pour qu'il ne s'emporte réellement. C'était bizarre, le ventre arrondi d'Helga rendait presque réelle cette fiction amicale, en même temps si peu de choses encore avaient changé, qu'il lui semblait que tout resterait au stade de l'irréalisé.

Quelle angoisse ! Il avait tant rêvé que derrière cette peau tendue, grandissait en chien de fusil, le sexe bien caché, le pouce entre les lèvres, un petit homme sympa et courageux, rieur et coquin, avec qui il pourrait partager tant de choses. Mais quoi ? Que partageait-on avec son fils ? Ouillouillouille… Qu'importe ! Un fils, c'était quand même autre chose qu'une pimbêche dont il ne saurait que faire, il en était certain. Et il se massait furieusement la base du cou, juste là où les os du crâne se séparent en triangle.

Pour des raisons complètement obscures les enfants adoraient Max ; dès que celui-ci apparaissait dans une pièce, ils délaissaient progressivement leurs jeux, leurs occupations, leurs copains ou leurs rêveries, et s'approchaient adroitement de lui. Très vite ils lui posaient des questions, voulaient grimper sur ses genoux, et souvent les petites filles se fiançaient avec lui. Il avait aujourd'hui un nombre incalculable d'amoureuses, petites femmes même pas en herbe, qui lui prenaient la main et d'un pas martial, levant bien haut les genoux, l'emmenaient loin des rivales, pour lui chuchoter des secrets dans l'oreille, les mains en porte-voix, le regard entendu, les bouclettes chatouillantes ! « Écoute, c'est un secret ». Entre la Mistigrette qui allait avoir des petits, le trésor découvert sur les berges du Tarn, le loup-garou qui habitait dans un arbre avec les génies de la forêt du coin, Max n'ignorait rien de la vie onirique des petites péronnelles, qui la bouche en cul-de-poule, le nez retroussé, questionnaient inlassablement : « Masc, c'est moi, hein, ta fiancée ? » Il riait en les attrapant sous les aisselles et les jetait en l'air, ce qui les faisait hurler de joie et de peur avant qu'il ne les rattrape. Il les adorait, vrai, toutes ses fiancées pleines de chichis, mais souvent ne savait quoi dire devant leur air péremptoire. Les petits mecs qui jouent aux cow-boys et aux indiens, c'est plus simple quand même !

— Chérie… Son élan fut stoppé net par l'expression d'Helga. Elle n'était plus mécontente : elle était furieuse. Son cou rentrait progressivement dans ses épaules, elle n'allait pas tarder à se décapiter. Sauve Qui Peut !

— Nous ne sommes pas disponibles là. Pouvez-vous revenir plus tard, je vous prie ? La voix était glaciale. Voilà qui ne ressemblait pas à Helga de parler ainsi à une quasi inconnue, surtout quand cette inconnue était aussi évidemment dévouée. Ah ça non, ce n'était pas son truc. En toute autre circonstance, elle aurait ravalé sa colère et attendu le départ de la personne pour décharger son irritation. Ce qui se passait là, était quelque chose de nouveau, un moment particulier. Max décocha un sourire gêné à Chantal et regarda Helga avec curiosité. Sa main était toujours à l'intérieur de la caisse transparente, mais c'était clair : Helga attendait que l'intruse sorte pour poursuivre son mouvement. L'infirmière fit une petite grimace comique et gentille qui lui tordit la bouche, puis fit un clin d'œil de compréhension à Max et sortit tranquillement.

— Mais qu'est-ce qu'il t'a pris ? Elle est sympa cette infirmière.

— Fait chier oui ! On lui a rien demandé ! Qu'est-ce qu'elle vient nous barjotter ?

Max n'en revenait pas ! Cette colère, ce langage, et pour rien… Mais qu'est ce qui lui prend ?

— De quoi elle se mêle cette pipelette ? Ce n'était pas à elle de t'annoncer la nouvelle !

Quelques milli-secondes pour comprendre… C'était donc ça ! Max retint la remarque ironique qui lui vint aux lèvres. Mais que d'histoires pour rien ! Qui ça gênait ? Pas lui en tout cas ! Le résultat était bien le même : il avait une fille !

— Mais Bogart, c'est pas grave ça. Elle voulait juste être aimable.

— Sauf que c'est notre histoire à nous, et à nous seuls ! C'est notre histoire à nous trois, mon histoire à moi !

Elle avait décidé, Helga, comme elle décidait de tout. Sa vie était un tableau dont elle avait choisi avec soin chaque détail, chaque couleur. L'infirmière n'entrait pas dans le cadre. Sur le tableau il y avait un grand barbu aux mains calleuses, une femme aux yeux d'un bleu de moins en moins délavé, et un tout petit bébé qui cette fois criait vraiment.

— Tu vois, susurra-t-elle, même notre petit ange est d'accord.

Elle se pencha entièrement pour retirer de la caissette un minuscule paquet jaune canari.

— Viens, mon amour, viens mon ange ! Oui, je sais ! Oui, c'est ça, pleure, hurle : il faut que la vie t'entende. Tout en murmurant ces sucreries pastel, elle se releva en vacillant, Max se précipita vers elle. Elle lui sourit en le regardant droit dans les yeux :

— Ma fille, mon amour, ma vie, je te présente Max, ton père. Max chéri, je te présente Zoé, ta fille.

Face à face le grand dadais et la lumière chancelante se regardaient. Helga tendit le paquet jaune vers Max. Il était frappé de stupeur, la bouche bloquée en position ouverte. Quoi Zoé ? C'est quoi ce nom d'étranger ? D'où ça sort ? Zoé ? On avait dit « Laurie » pour une fille et Pierre Thomas pour un garçon ! Zoé ! Il voulait bien changer Max mais… Zoé ! Il roula plusieurs fois ce prénom sous sa boîte crânienne histoire de s'en imprégner le plus totalement possible. Quelques secondes ont suffi pour que ces trois lettres s'inscrivent définitivement dans ses chairs et au-delà encore, dans cette existence hors chair. Zoé ! Macarel ! Il va falloir annoncer ça à la famille : c'est pas gagné l'absolution !

7

Helga ferma les yeux. Elle écoutait avec ravissement le bruit sourd des ailes de l'abeille curieuse. Elle aimait ce vrombissement léger qui transportait l'été dans le silence de la campagne. C'était le bruit des tournesols brunis, celui des coquelicots fanés. C'était le bruit de la sieste lourde aux cheveux collés sur le front. C'était le bruit des corps qui se cherchent, en se disant « ho, non, pas ça ! Fait trop chaud ! » Et qui se trouvent malgré eux et qui se coulent l'un dans l'autre à la recherche d'une improbable fraîcheur. Il y avait des tas de moments comme ça dans la vie d'Helga. Elle ne les partageait avec personne ; elle se contentait de les collectionner dans sa mémoire infaillible pour les ressortir quand elle en avait besoin. Elle tapissait alors son présent des peintures qu'elle avait choisies ; ce n'était pas toujours des peintures gaies, des peintures bonheurs ; non, Helga savait bien que la vie était composée d'une multitude de nuances et que toutes devaient être utilisées : c'était ainsi que l'âme se savait vivre. Alors parfois, Helga aux yeux sans lumière choisissait des couleurs larmes ou des couleurs colères, et elle regardait ces petits jets sans prétention zébrer la réalité. Mais rien de ces événements ne l'affectait totalement. Cela faisait longtemps qu'Helga avait gelé les sensations vraies, histoire de les conserver pour quand ça en vaudrait la peine. Maintenant ! Maintenant ça en vaut la peine. Depuis le moment précis où le premier vagissement a jailli dans la pièce blafarde de l'hôpital montalbanais, juste quelques secondes après que ce corps pétri dans sa chair a glissé de son corps à elle, ce moment spécial où il a cessé de lui appartenir, cessé d'être une partie d'elle pour devenir l'autre, cet autre avec qui elle allait faire deux, et pour qui, elle le savait, elle devait désormais, réapprendre à ÊTRE ! Qu'à cela ne tienne, elle avait engrangé toutes ces expériences années après années, se protégeant de tout, abritée par l'absence de la lumière dont elle avait vidé son regard. Aujourd'hui, elle pouvait utiliser toute cette force pour tenir la main de Zoé, Helga aux yeux bleu-lumière.

Helga rouvrit les yeux. Ce n'était pas l'été et ce n'était pas une abeille, juste une vulgaire mouche. D'ailleurs, ce petit bruit strident ne prêtait même pas à confusion, c'était une tromperie du sulfureux rayon qui traversait le carreau. Mais les bonnets et les gants rappelaient que les tournesols étaient loin d'être grillés et que les abeilles savaient bien qu'il n'y avait rien à butiner. Il fallait attendre encore.

Helga ôta ce bonnet et ces gants protecteurs en se tournant vers Max :

— Donne-moi la petite ! Les mots claquèrent désagréablement dans le dos de Max, et sa nuque se raidit presque imperceptiblement. Il fit glisser le petit paquet dans les bras tendus de sa mère. Il en était soulagé, car ce poids inexistant au creux de ses bras le mettait mal à l'aise. Il craignait d'écraser, de lâcher, de puer, de contaminer... Il osait à peine respirer, ses épaules devenaient douloureuses de vigilance.

— Voilà mon amour, nous sommes à la maison. Enfin seules.

Max savait que ce « nous » l'excluait. Il sentait confusément qu'il allait devoir s'adapter à ce nouveau « nous ». Il n'était pas sûr d'en être capable. Déjà, il n'aimait pas ce malaise qu'il ressentait devant ce couple, devant ce bébé, devant la lumière du regard d'Helga. Il ne comprenait pas vraiment ; il aurait quelques mois pour apprendre l'amertume de l'isolement face à la louve.

Le méchant petit point se dissipa très vite devant le visage lumineux d'Helga. Il avait besoin de chasser ce trop-plein d'émotions. Il déglutit, respira un grand coup bien profondément,

— Bon, les pisseuses, je vais voir le père. Au fait, les parents nous attendent pour déjeuner.

— Oh non, Max, pas aujourd'hui ! Pas le premier jour !

— Mais Amour, tout le monde veut faire la fête avec nous ! D'ailleurs, ta mère et tes frères seront là aussi. Puis comme ça tu pourras te reposer… De toute façon, on n'a plus le choix !

Helga tordit le nez « se reposer » c'est vite dit. Aller chez les parents de Max, c'est toujours une épreuve. Le père de Max ne l'aime pas. Il ne l'a jamais aimée et le lui a toujours fait savoir par maintes attentions raffinées. Un vrai salaud avec elle ! Elle avait seize ans lors de la première démonstration d'inimitié. Ils en étaient alors au stade des premières amours Max et elle. Elle savait déjà qu'ils finiraient de grandir ensemble, qu'ils vivraient ensemble, qu'ils auraient des enfants ensemble et qu'ils vieilliraient ensemble. Elle le savait, non parce qu'elle était éperdument amoureuse, mais parce qu'elle le sentait, parce qu'elle le voulait, parce qu'elle l'avait décidé. Le père aussi avait senti tout ça, et il n'en voulait pas. Il avait d'autres projets le père ! Alors ce jour-là quand Max avait rappliqué avec sa nouvelle copine, le père avait refusé qu'elle entre. Elle était restée près d'une heure seule, dans la voiture. Elle avait fumé cigarette sur cigarette, autant pour se calmer les nerfs que pour se réchauffer, en se demandant ce qu'il se passait à l'intérieur. Elle apprendrait beaucoup trop vite qu'il ne s'y passait rien ! Le père, après lui avoir dit qu'il ne pouvait pas faire rentrer sa nouvelle copine si vite après le départ de la précédente, avait retenu Max en se lançant dans un débat stérile sur le choix des vermifuges. Lorsqu'enfin, le jeune amant était revenu la mine réjouie, Helga avait rêvé qu'elle le découpait en morceaux et le mangeait bout par bout !

— Tu es content ? Ça s'est bien passé pour toi à la ferme ? Ton pôpô va bien ?

Tout en conduisant, il lui avait coulé un regard gêné

— Écoute Bogart, tu sais mon père est un peu vieux jeu. Mais t'inquiète, ça va aller.

T'inquiète… Toute la famille avait défilé derrière le rideau pour voir la petite conne qui attendait gentiment dans la voiture. Mais T'INQUIÈTE ! Elle savait attendre son heure Helga ! Rien ne pourrait la détourner du but qu'elle s'était fixé ! Alors, elle a laissé faire, elle a attendu, autant qu'il a fallu, l'autorisation d'entrer enfin dans la ferme sanctuaire. Elle n'a jamais tendu la main pour la serrer à quiconque. Elle a mis un sourire poli, peut-être même moqueur sur ses lèvres et elle n'a jamais rien imposé : ni sa présence, ni son absence, ni une discussion, mais elle ne s'est jamais rien imposée non plus. Elle n'a pas cherché à être gentille et dévouée, elle n'a jamais cherché à participer aux travaux de la ferme… Elle n'a même jamais fait mine de nettoyer une fois la table, à la fin d'un repas ! Ce n'est pas de la revanche, elle n'est pas comme ça Helga, c'est du refus du compromis ! Elle ne veut en aucun cas se faire passer pour qui elle n'est pas, alors faire croire qu'elle est une vraie maîtresse de maison : c'est non ! Faire croire qu'elle est digne de l'héritage de la ferme : encore non ! Parce qu'elle s'en fout, Helga, du nombre de canards, pas question de les engraisser, ni de les tuer, ni de les plumer, ni tout ce qui va avec les bocaux que vend le beau-frère sur le marché. Helga déteste l'odeur des plumes brûlées, elle vomit celle de l'éviscération. Elle en est presque végétarienne, tellement elle n'aime pas la mort ni l'odeur du cadavre. Presque !

Parce qu'un bon petit foie… Elle ne crache pas tant dessus ! Bref, Helga c'est une délicate ! Non qu'elle pète plus haut que son cul, ce n'est pas ça, seulement, elle sait qu'il y a une vie au-delà du Tarn, et elle a besoin de goûter à tout pour donner à l'enfant le meilleur !

Elle sait aussi que la maison dans laquelle ils vivent tous les trois est prêtée par le paternel, qu'il ne demande pas de loyer à son fils. Elle sait aussi que Max respecte profondément ses parents, et qu'il n'envisagera jamais de les contrarier de trop. Et puis surtout, elle sait qu'une ambiance de guerre, ce n'est pas ce qu'elle veut pour sa fille.

Elle fit un petit sourire en coin :

— Ça va, t'emballe pas, on va aller le voir ton papa chéri et on lui fera tout plein de gazous. Elle avait dit cela en berçant Zoé qui, entre-temps, s'était réveillée. Elle tenait le bébé d'une façon très particulière, comme à l'envers de tous les autres… Comme la gauchère qu'elle était, Helga la louve bienveillante !

Max ne releva pas la moquerie, et d'un air satisfait retourna à la voiture pour en sortir le reste des affaires.

8

Estelle prit le bébé dans ses bras et, avec une infinie douceur, lui caressa d'un doigt le bas de la joue. Zoé sembla sourire. Tous les yeux tournés vers l'enfant et sa grand-mère virent la vieille paysanne fondre comme du miel sur le feu. Son visage rougeaud et durci par le vent se lissa jusqu'à n'être presque plus ridé. Elle n'était d'ailleurs pas si vieille, la cinquantaine peut-être soixante... guère plus... les épaules voûtées, mais une vie pleine et choisie, alors plus à envier qu'à mépriser. C'était sa première petite fille, peut-être n'en aurait-elle pas d'autre : Pierrot était si bourru, si fermé qu'on ne pouvait imaginer qu'il copulât un jour, quant à Jacqueline, elle était née avec une malformation bizarre : pas d'ovaires ! Incroyable non, que de naître sans ovaires... Alors cette petite fille, elle est comme tombée du ciel, et Estelle, elle ne dirait rien au vieux, mais elle était bien contente qu'elle soit la fille d'Helga et pas de l'autre chichiteuse ! Elle aimait bien Helga qui souriait tout le temps, et savait rester sur ses livres pendant des heures. Elle l'avait vue grandir et savait que c'était une pauvre petite qui s'était élevée toute seule entre sa maman – un peu à l'ouest – comme dit Max, et ses frères sauvages. Il n'y avait pas beaucoup d'argent à la maison, mais quand même la Marie-Jo arrivait toujours à trouver du boulot pour payer le loyer et de quoi manger ! Il lui arrivait de venir à la ferme pour un travail ou pour un autre…

Elle est toujours vaillante, la Marie-Jo malgré ses airs d'évaporée… Ça ne lui fait pas peur de se lever tôt matin et coucher tard le soir, si bien que depuis une bonne dizaine d'années, elle avait obtenu un contrat à l'Association des Aînés. Au début, elle s'y rendait à vélo tous les matins dès cinq heures… Quinze bornes aller, quinze bornes retour… Les petits vieux l'adorent, parce qu'elle leur raconte des blagues. Elle est gentille sans condition et pleine de compassion pour le pauvre monde. Elle trouve toujours quelqu'un de plus mal loti qu'elle-même. Pourtant, elle n'est pas dans une position bien folichonne la Marie-Jo depuis qu'elle s'est fait engrosser par ce vaurien de Robin ! Les trois enfants sont nés les uns après les autres, jusqu'à ce qu'une maladie mystérieuse rende stérile le ventre jusque-là bien trop fécond. Une chance pour la pauvre Marie-Jo, même si on peut supposer beaucoup de choses sur la maladie qui lui a brûlé les ovaires. Puis l'argent, souvent emprunté, toujours bu, fumé ou joué, puis les allers-retours vers la prison où le Robin a, bien sûr, échoué. Et les disputes avec la belle-sœur présente pour la critique seulement. Et le regard inquiet, au-dessus des lèvres closes de la mère de Marie-Jo.

Jamais la vieille n'aurait dit un mot sur les choix de sa fille, sur sa façon de vivre, mais elle adoucissait la vie par tant de petits gestes ; les enfants gardés, un pull tricoté de ses doigts qui au fil du temps se nouaient d'arthrite, quelques légumes, une casserole de soupe, des beignets tout simples, des œufs frais, des jouets pour les petits… Elle faisait semblant de ne rien voir quand Marie-Jo épuisée, les yeux rouges, arrivait le matin pour déposer les gosses. Elle avançait, de ses trois sous de retraite, le docteur pour soigner les enfants, les médicaments dont ils avaient besoin, le loyer impayé, l'électricité quand la menace de coupure était insistante. Et elle regardait avec douceur et tristesse sa petitoune, celle qui était restée si longtemps dans ses jupes, celle qui était si chétive enfant qu'on avait cru la perdre tant de fois. Puis Marie-Jo avait grandi, était devenue solide, combattive, joyeuse comme un oiseau dans le ciel. Lucie avait espéré : une fille sans chaîne, qui vaincrait le monde et vivrait pour elle-même. Et puis le bouillonnement des sens, le chavirement du cœur, et le retour des chaînes.

Pas un moment, depuis l'arrivée de ce bon à rien, pas un seul maudit moment, Marie-Jo n'a pu se poser et dire stop ! Et à peine les enfants élevés, hop : repartie pour un tour, la Marie-Jo, à s'occuper des vieux jours difficiles de sa mère. Elle a chialé souvent, mais elle a tenu bon ! Alors même si les voisins critiquent ses jupes trop courtes, son maquillage excessif, ses cheveux décolorés et les hurlements des enfants, ben elle mérite le respect Marie-Jo ! Preuve : aucun des trois gamins n'a mal tourné. Les deux gars sont un peu sauvages et pas toujours commodes c'est vrai, mais ils sont sérieux et travailleurs. Et Helga ? Bachelière, étudiante et mère du plus joli bébé du monde !

Les plaisanteries fusaient bon train autour de la grosse table de bois ! Même le vieux avait l'œil joyeux et plein de malice. Il tranchait, avec bonne humeur et inlassablement, l'énorme pain qui accompagnait le reste du repas. Le brouhaha était gai, sympathique et enveloppait Helga et Max, objets de toutes les attentions, comme des invités de marque !

— Allez, mange Helga, ça c'est bon pour le bébé !

— Comment tu te sens ? Tu n'es pas trop fatiguée ? Tu as froid ? Tu veux encore du bouillon ? Mais si prends ! C'est bon pour le bébé !

— Hé bé ! Boudu con ! T'as pris des seins dis donc ! Ho

Max ! Tu trouves pas qu'elle a pris des seins ? On dirait des pastèques, con !

— Hé arrête de la faire manger ! Elle va exploser, con !

Les frangins des deux bords distillaient du « con » à tout bout de phrase.

Helga était étourdie, elle tentait de manger tout ce qu'on lui donnait, et de répondre aux questions des uns et des autres sur l'accouchement, sur le sommeil du bébé. Elle était contente que Marie-Jo et ses frères soient là. Elle savait que sa mère aurait voulu lui tenir la main pendant l'accouchement, et que son refus d'être accompagnée lui avait fait beaucoup de peine. Alors, la voir là, détendue, et le rire plein sa bouche charnue et pas trop « ridulée », ça lui faisait plaisir ! Les frérots rigolaient bien aussi, le vin de la propriété les aidait à être de moins en moins gauches, et quelque peu égrillards. C'était drôle de les voir dépenaillés, et bavards. Georges en particulier, était autant déchaîné que d'habitude il était taciturne. Sa verve, ses danses de sioux faisaient rire l'assemblée. Helga aussi riait, bien sûr, mais en même temps, elle ressentait les racines d'un malaise en elle. Derrière la drôlerie du pitre, il y avait comme un goût de larmes qui empêchait le regard du frère de se poser sur la sœur ! Ce regard avait suivi Helga toutes ces années où ils étaient trois face au monstre, puis quatre, puis encore après le départ du géniteur, puis à l'arrivée de l'amant. Pas un instant la vigilance ne s'était relâchée. Petit Georges vivait de ce regard posé en continu sur sa mère et sur sa sœur, inquiet de ce qu'il pourrait arriver si jamais une fois, il détournait son attention. L'Helga qu'il voyait aujourd'hui piétinait ce dévouement, le renvoyait, lui, à l'inutile. Cette Helga-là le déstabilisait, l'obligeait à un nouveau regard. Il se sentait perdu, morcelé. Il détournait la tête et créait l'illusion du rire et du bonheur en gesticulant, hilare. Helga sentait une fissure, ne la comprenait pas et en portait une responsabilité diffuse. Elle s'interrogerait plus tard, là : pas envie !

Elle surveillait du coin de l'œil la porte derrière laquelle sa fille était couchée. Dès que quelqu'un faisait mine de s'en approcher, elle suspendait tout geste pour agripper d'un regard féroce la volonté du contrevenant. Rien ne devait déranger Zoé, elle était là pour y veiller toujours, ses tripes en portaient la promesse ! Elle, Helga avait fait de sa carapace solidifiée au fil des ans, la plus infranchissable des forteresses ; Helga aux yeux bleus assassins.

Le regard suivait maintenant Max. Que faisait-il se dirigeant, si décidé, vers la chambre où dormait Zoé ? L'étonnement d'Helga se transforma en inquiétude au fil des pas alertes de son compagnon, puis l'inquiétude devint colère… Une colère impérieuse, irrépressible, volcanique…

— NON, claqua la voix glaciale, alors que la main, la si belle main de Max se posait sur la poignée.

La vie se tut dans l'immense pièce bondée, aux odeurs de rôtis et de thym. Plus un mot, plus un souffle, les trois lettres pourtant, avaient été prononcées sans cri, juste un « NON » qui vibrait dans l'air. Max s'était figé, les doigts suspendus : il écoutait le hurlement de la louve dans la steppe et ces ondes guerrières lui meurtrissaient les tympans. Devant lui, un mur, et tout autour une solitude si totale, si parfaite… Il y eut comme un battement sourd et régulier au coin de ses yeux, juste sur les tempes, et quelque chose d'amer envahit sa bouche. Ce n'était pas le goût de la haine, pas encore…

Max se tourna vers le mot, les lèvres blanches et serrées. Ses yeux allèrent chercher les yeux d'Helga. Elle ne cilla pas ; il y avait dans le bleu lavande acier la même vibration déterminée que dans le hurlement de la louve. La femme sauvage et l'homme blessé s'affrontaient. Max reçu de plein fouet toute la force ancestrale de celle qui protégeait l'univers. Il se sut vaincu et presque brisé baissa la tête en se détournant vers le jardin. Le brouhaha repris et ce moment n'exista plus que dans le quelque part d'un chasseur vidé.

Zoé endormie, la maison avait retrouvé son calme début de nuit. Helga aimait ce moment particulier où seule dans le salon à la lumière tamisée, elle écoutait pulser ce bonheur presque parfait.

Les deux lampes en cristaux de sel irradiaient un voile orangé. C'était joli. Tant mieux, parce qu'Helga n'avait pas l'intention de priver Zoé de quelque chose d'aussi indispensable à son bien-être. Elle connaissait la nocivité de toutes les émanations électriques et espérait en enrayer le danger grâce à ces petites lampes. Et question émanations dans la maison, on pouvait compter sur Max et sur son goût insatiable pour les nouvelles technologies. Il voulait le meilleur son, les meilleures images, la téléphonie la plus sophistiquée… Il étudiait toutes les revues, les comparatifs, discutaillait des heures avec ses potes, traficotait inlassablement les fils pour quelques améliorations que lui seul voyait, et étrangement ne traînait jamais la patte quand il s'agissait d'aller chercher du plus performant. Dès qu'une nouveauté se frayait un passage dans un magasin : c'était pour Max.

Max connaissait tout, captait tout. Il était aussi doué pour saisir les mystères technologiques et physiques, que pour remettre en état n'importe quoi dans la maison.

Helga s'assit légèrement sur la méridienne au matelas souple. Comme chaque soir, elle regarda avec une joie paisible tout ce qui accompagnait leur quotidien rieur. Çà et là un jouet, une peluche, une sucette, et l'odeur permanente, à la fois sucrée et âcre, mélange de talc et de couches pas encore jetées. Zoé était partout, Helga en était pleine. Elle s'attendrit sur le rideau de photos : Zoé qui dort, Zoé qui s'étonne, Zoé qui rit, Zoé si douce, Zoé toute ronde et encore un peu chauve…

— Mon amour, chuchota-t-elle, comme elle le faisait tant de fois par jour.

Et ce chuchotement l'envahit, s'écoule dans son corps, se glisse dans chaque recoin, réinventant l'écho de la respiration, le flux du sang, les battements du cœur. Rien, rien, jamais ni nulle part, n'est comparable à cette certitude d'être soi et l'autre à la fois. Helga sent la vie de Zoé dans ses propres veines, et lorsqu'elle écoute son souffle, c'est le sien propre qu'elle entend, quand elle embrasse sa peau tendre c'est sur son corps que se promène la douceur de ses baisers. Comment Max pourrait-il comprendre ? Elle n'était plus seulement Helga. Elle était Zoé ! Elle était la mère, et l'enfant tout à la fois !

Max… La lumière de douceur quitta progressivement le visage d'Helga ; elle posa son menton dans le creux de son bras replié et les yeux rivés sur la porte, elle se prépara, comme chaque soir, depuis quelques semaines, à une lente attente.

Max avait lui aussi le menton calé dans le creux de son bras. Ses yeux sombres fixaient une réalité montrée à lui seul. Ses joues étaient creuses sous les poils noirs, drus et sans ordre. Il était maigre, les os des omoplates pointaient sous les mailles marines du pull-over. Au bout du bras, les doigts noueux de la grande main étaient crispés sur le verre de bière. Max reculait le moment… il n'était pas si mal là au milieu de ses potes de beuveries. On jouait au billard, on pariait sur le flipper, on échangeait des parties acharnées de baby-foot, on s'anesthésiait le cerveau à coups de clopes et de houblon… Lorsqu'il rentrerait, tard, toujours plus tard, Helga serait là sur son canapé à la con qui n'avait qu'un accoudoir, et elle poserait un regard lourd de reproches sur son entrée titubante. Sans un mot, elle replierait le livre qu'elle ne lisait pas, éteindrait les lumières fantomatiques et irait à la salle de bains. Comme si elle n'avait pu le faire plus tôt ! Lorsqu'elle se coucherait, elle lui tournerait le dos, ses pieds glacés viendraient chercher ses tibias : ce sera le seul contact qu'elle acceptera comme toutes les nuits. Il n'en pouvait plus Max de ce regard lourd, de ces pieds glacés, de ce dos arrondi sous ses yeux. Pendant des heures il guettait un sommeil capricieux, qui ne réparait pas les douleurs de la journée, écoutant, nerveux, la respiration calme, égale et très forte de sa fille. Désormais, ce souffle arrivait par la petite boîte blanche, et très design, qu'Helga n'éteignait jamais. Il avait bien fallu qu'il y consente, c'était le seul moyen pour qu'Helga accepte, enfin, que Zoé intègre sa propre chambre. Des mois de lutte pour un déménagement que Zo avait si facilement accepté. Pas une larme, pas une grimace, du rire même quand il avait été la border dans son lit, douce Zoé, si joyeuse, si insouciante… Max était fasciné par tant de bonheur d'être. Au début il avait compris, souhaité même la présence du berceau près de leur lit. Il était alors tout sourire, intimidé tant par la mère que par l'enfant. Il n'arrivait pas à se détacher du mystère de cette naissance à laquelle il n'avait participé que de loin. Il avait accompagné à l'hosto une Helga au ventre rond, son amie, sa compagne, sa maîtresse. Il était revenu deux jours plus tard avec tout le barda d'une famille. Depuis, il y avait un berceau du côté d'Helga, le côté droit.

« Ben, tu sais bien : je suis gauchère ! Donc je dors sur mon flanc droit, ce qui fait que mon bras droit est toujours ankylosé… ». Et patali et patala, ça n'expliquait rien bien sûr. Puis Helga n'exploitait son flanc droit tout en chauffant ses pieds contre ses tibias qu'au moment de s'endormir. Très vite, elle se mettait à plat dos, jambes écartées, sans oreiller, bouche entrouverte et narines dilatées sur le ronflement parfois tonitruant. Max avait eu du mal à s'y faire au début. Plus souvent qu'à son tour il est allé fumer à la fenêtre du salon pour échapper à ce vrombissement. Puis, il ne sait comment, il s'était habitué, et ce bruit presque masculin avait cessé un jour de le gêner. En tout cas, il a bien fallu qu'il lui cède ce fameux côté droit que lui aussi affectionnait bien ! Et depuis des mois sur le côté droit un petit berceau s'agitait, vagissait, réclamait sa tétée toutes les deux heures. Helga voulait allaiter.

— Le lait de la mère c'est fait pour ça non ? Alors Zo boira mon lait et rien d'autre !

Elle avait décrété qu'elle voulait allaiter jusqu'aux trois ans de Zoé et ça inquiétait tout le monde… Helga passait pour têtue et personne n'avait envie de voir un jour, une petite fille, dents pointues, tresses brunes, vêtue d'un jean croquignolet et de bottes de cow-boy, juchée sur un tabouret afin de téter une Helga exsangue et fripée ! Aurait-elle été jusqu'au bout ? Qui sait avec Helga ? Par chance, en quelques dix semaines la fontaine s'est tarie et Zo était terriblement affamée. Les biberons bien consistants sont devenus nécessaires et ont remplacé totalement l'allaitement si cher à Helga.

Les premières nuits, ils s'aimaient encore. Ils étaient heureux d'être à trois dans la chambre. Ils pensaient qu'ils partageaient tout. Helga l'a même laissé téter lui aussi. Il aimait bien ça, c'était un peu sucré, il tétait en faisant des pitreries avec ses sourcils et Helga riait. Ca le rendait un peu chose, comme un parfum de sacrilège qui laissait présager des plaisirs inédits avec la ronde laitière. Pourtant, il repoussait à plus tard le moment de faire l'amour avec Helga. Ce début de plaisir n'allait même pas jusqu'à l'érection. En y pensant bien c'aurait été trop zarbi de baiser avec une femme qu'il tétait pour de vrai ! Pour de vrai ! Eh oui ! C'était bien du lait (même si ça n'en avait pas le goût) qui sortait des seins – méconnaissables – d'Helga. Et franchement, même s'il délirait bien avec les copains sur les gros nichons, même s'il s'était branlé une ou deux fois sur des photos qui en exhibaient d'impressionnants, s'agissant de faire l'amour… NAN ! Là, il n'est plus d'accord, il veut retrouver les petits seins ronds d'Helga, ceux qui se cachent volontiers dans les mains en coque de Max. Puis y'a pas que ça ! Helga n'avait pas encore retrouvé le corps d'Helga, ses hanches étaient trop larges, ses cuisses trop charnues, son ventre trop plein. C'est pas qu'elle ne lui plaisait pas comme ça : mais ce n'était pas son Helga ! Cette femme-là, c'était la mère du bébé exigeant qui s'était emparé de la maison. Au bout d'un mois Max avait commencé à s'agiter

— Chérie, il faudrait que Zo s'habitue à sa chambre.

— Mais enfin, ballot, ce n'est qu'un bébé, tu vois bien ! Comment je fais pour lui donner à téter si on la change de chambre ?

— Ben justement, tu pourrais commencer à alterner avec le biberon, comme il a dit le docteur… Comme ça je servirai à quelque chose au moins…

— C'est sympa mon cœur, de vouloir aider, mais Zo doit être nourrie par sa mère, un point c'est tout ! Puis elle reprenait mielleuse :

— Si tu veux être utile, fais donc couler le bain – mais il n'était jamais à la bonne température –, « change donc Zo » – mais elle arrivait trop vite, moqueuse, pour défaire ce qu'il venait de faire –, « berce Zo » – mais c'était trop fort, trop rapide, pas assez chanté – . Quoiqu'il fasse pour obéir à ses demandes ce n'était pas bien, s'il ne faisait pas, c'était pire encore, et si jamais il prenait une initiative les récriminations pleuvaient, ou le silence ironique, ou les explications ennuyeuses dont il n'avait que faire. Il se sentait con. Elle le rendait con !

Elle a cessé d'allaiter. Petit à petit, elle s'est réajustée à la taille d'Helga, ses grains de beauté ont repris leur place initiale, les épaules s'étaient piquetées de nouvelles taches de rousseur. La peau laiteuse d'Helga retrouvait sa douceur et son brillant. Max avait envie d'elle à nouveau comme avant, mais il n'était capable de rien d'autre que de se coller contre son dos en respirant ses cheveux. Ses débuts d'érection s'éteignaient dès que se renforçait le souffle qui s'échappait du berceau.

Puis, il avait cessé de se coller à elle, cessé de vouloir s'occuper de l'enfant, cessé de s'imposer dans ce microcosme.

Le monde de Max avait quitté l'insouciance qui le caractérisait jusque-là. Sa petite vie peinarde entre Helga, boulot, famille, potes, s'était réfugiée dans le passé. Aujourd'hui, il se sentait juste amertume. Il n'avait aucune idée de ce qui se jouait, ni de comment sortir de là. Tout plaquer ! Faire comme si Helga n'était jamais entrée dans sa vie. Semaines après semaines, les mots s'étaient raréfiés, les regards prenaient la fuite, la boule au ventre durcissait. Sa rage enflait devant la tranquillité d'Helga, son sourire mi tendre, mi narquois. Lui n'éprouvait plus aucune tendresse, seulement cette aigreur colérique, multipliée par la culpabilité. Parce qu'il s'en voulait, Max de cette violence intérieure, de cette impression dingue que cet enfant était en trop, qu'il n'y avait pas la place pour trois dans leur vie, que tout allait tellement mieux avant. Il s'en voulait, et il avait peur aussi. Il voulait arrêter tout ça, prendre Helga dans ses bras, la supplier de l'aimer encore, de ne plus le tuer à coups d'abandon. Helga était autre, il ne savait pas être devant cette inconnue. Elle le dominait, le menaçait, l'acculait tout près d'un grand vide. Lui aussi était autre, il le savait bien. Il tentait éperdu, de s'échapper de lui-même, alors, il fumait Max. Il fumait et il buvait, s'étourdissait… de plus en plus souvent, de plus en plus longtemps.

Helga recherchait toujours le contact du corps de Max. Elle aimait se lover contre lui et s'endormir entre ses grands bras. Elle savait qu'il s'interdisait de bouger et endormait ses muscles jusqu'à les ankyloser. Elle sentait sa respiration contre son oreille et ça la berçait. De temps à autre elle sentait son sexe se durcir contre elle, alors, elle évitait tout mouvement et attendait le ramollissement quasi immédiat. Elle imaginait la pauvre chose dépitée qui se recroquevillait entre les jambes de Max, et cachant son sourire plus tendre que moqueur, elle avait envie de la consoler, de lui dire que cela n'aurait qu'un temps, qu'un jour tout redeviendrait comme avant. Elle savait que Max ne pourrait pas faire l'amour tant que Zoé serait dans leur chambre, c'était tant mieux, car elle n'aurait pu accepter ! Pourtant, c'est bien du désir qu'elle ressentait souvent quand elle le regardait. Ce petit frisson, à dix centimètres au-dessous du nombril, qui lui faisait inspirer goulûment un air qui se raréfiait soudain, lui rappelait les plaisirs joyeux d'il n'y a pas si longtemps.

Même des mois plus tard, alors que le silence inamical s'était installé, alors que souvent Max sentait pas bon le tabac froid, la bière et parfois le vomi, alors que ses yeux sombres ne semblaient la voir que pour la détester, même là, elle le désirait ! Et parce que ce désir était toujours là, elle se souvenait qu'elle l'avait choisi lui, elle savait qu'elle se battait pour qu'il retrouve le petit pli rieur au coin de ses yeux, pour qu'il s'emplisse à nouveau d'un fluide de vie dont il semblait manquer de plus en plus. Mais là, elle n'avait pas le temps ! Qu'importe le nombre de mois écoulés, elle voulait vivre totalement et exclusivement sa relation avec l'enfant. L'homme pouvait bien attendre. Ils en avaient vu d'autres, elle avait toujours triomphé !

9

Helga berçait sa fille en la tenant à sa manière si singulière de gauchère. Ce balancement doux, régulier, et comme renvoyé par un miroir invisible, donne plus de force encore au bouclier maternel. Helga aux yeux bleu-amour s'est diluée en une ouate invincible.

— Max n'est pas là ? » s'étonne Marie-Jo.

— Il est allé aider un ami à déménager.

Marie-Jo choisit de ne rien dire, elle avait bien envie pourtant d'interroger sa fille. Elle était entrée comme une bourrasque, juchée sur ses talons trop hauts, moulée dans son jean trop serré ; son maquillage était tout frais, pourtant les jours de marché, elle n'en portait généralement pas… Aujourd'hui c'était jour de marché, et de toute évidence la grand-mère trop jeune en arrivait. Elle s'installa près d'Helga et sourit en regardant Zoé, qui toute frétillante, s'était bien réveillée et répondait au sourire en montrant un tas de nouvelles dents.

— Et alors ma Zizounette ? Qu'est-ce que tu fais dans les bras de maman ? Une grande fille comme toi ! Elle n'est pas trop lourde ? Fais gaffe à ton dos ma chérie, tu vas choper un lumbago !

— Ne t'inquiète pas maman, c'est un poids plume ! De toute façon il n'y a que comme ça qu'elle se calme la miss.

— Viens donc voir Mamie, tit'plume ! Regarde ce que je t'ai pris au marché. » Le ton était criard, Marie-Jo n'a jamais su parler à voix normale, une habitude familiale qui ne semblait pas perturber Zoé. Celle-ci s'était dégagée des bras de sa mère et assise devant les deux femmes, farfouillait frénétiquement dans le panier de sa grand-mère. Helga la laissait faire, prête à intervenir dès que nécessaire.

— Et mamie ?

— J'irai cet après-midi. Il paraît qu'elle est un peu fatiguée aujourd'hui. Elle n'a pas voulu sortir de sa chambre.

Helga fit une moue compatissante. La maladie dont les premiers symptômes étaient apparus huit ans plus tôt, avait fait son œuvre odieuse. Depuis quelques semaines Mamie ne reconnaissait rien ni personne, et Marie-Jo avait dû se résigner. Désormais la vieille dame était barricadée entre les murs épais d'une maison de retraite spécialisée. C'était moche, c'était triste, c'était inconcevable ! Et pourtant, c'était la nouvelle réalité.

Cette réalité, Helga voulait bien l'aborder avec sa mère, prendre des nouvelles, faire comme si c'était normal… Mais, jamais plus elle n'irait la côtoyer ! Une seule fois, Helga est allée dans ce lieu avec Zoé. C'était au tout début, Mamie y était installée depuis une vingtaine de jours, la précédente maison de retraite ne pouvant assurer tous les soins exigés par son état. Cela faisait bien plus de temps que sa mémoire s'était réfugiée quelques soixante-dix ans plus tôt, à l'ère d'une enfance qu'elle avait parfois évoquée difficile, laborieuse, mais pleine de valeurs désormais perdues, de réunions chaleureuses et en tout cas de visages aimants ou non aimants, mais depuis longtemps disparus. Helga était à l'aube des temps, à l'aube de la vie. Ce monde révolu, l'absence de Mamie, l'odeur de l'ancien et de la bouillie, les bouches édentées, c'était de l'impossible !

Ce jour-là, Mamie fredonnait en souriant, assise sur un des bancs de bois du grand parc un peu frais. Les arbres étaient feuillus, vert irradiant. Helga avait mal dans sa jeunesse. Quelques instants plus tôt, Marie-Jo, Zoé et elle avaient sorti la pauvre vieille de la chambre pas très nette qu'elle occupait désormais. Enfermée : une lourde porte, une grosse clef : le portail de l'institution ; une lourde porte, une grosse clef : la porte du bâtiment ; une lourde porte, une grosse clef : la porte du couloir ; une lourde porte, une petite clef : la porte de la chambre. Helga entendait encore les cliquetis des serrures. La mélodie aux fausses notes de Mamie rajoutait du discordant.

« Merci, mademoiselle, merci de m'avoir libérée, vous êtes bien bonne ! Venez donc à la maison, Maman sera contente de vous rencontrer. » Mamie liberté, comme elle devait souffrir de toutes ces serrures, elle qui ne vivait heureuse qu'en embrassant la terre. Mamie n'aimait pas les habits, n'aimait pas les chaussures, n'aimait pas les murs, n'aimait pas les chaînes. Tout ce qui l'éloignait de la terre était du pas bon, du pas bien ! Il y a si peu de temps encore, elle attachait sa jupe sur ses hanches et dénudant ses vieilles jambes aux muscles fermes, les pieds nus solidement plantés dans la terre souple, elle sarclait, taillait, fauchait… Elle se fondait dans cette terre qui lui était si nécessaire. N'était-elle pas cette terre ? Pour Helga, la terre et sa grand-mère étaient indissociables. Il lui était impossible de penser à l'une, sans avoir immédiatement l'image de l'autre. Mamie avait porté si longtemps le parfum de la terre, son chant particulier, sa couleur brune sous ses ongles mal limés, qu'Helga ne pouvait faire le lien entre ce souvenir si vivant, si proche encore, et ce corps vidé de son âme, raide sur le banc froid. Alors, elle attendait, figée, Zoé dans les bras, le retour de Marie-Jo et la fin de la visite. Un mouvement l'avait alertée d'un changement : Mamie s'était déchaussée et avait planté ses pieds dans cette terre qu'ils n'auraient jamais dû quitter. Son visage a semblé se lisser, son regard a quitté l'ailleurs dans lequel il s'était perdu jusqu'alors. Une expression sauvage a peu à peu remplacé la mort, et Mamie a ouvert ses bras sur Helga et l'enfant. Helga, sans réfléchir, s'est blottie contre le corps ressuscité de sa grand-mère en même temps qu'elle retirait ses propres chaussures. Ces trois lionnes magnifiques et indomptables, soudées par la terre, dansaient en rugissant. Zoé protégée par les bras de sa mère et de sa grand-mère, riait de ce cadeau de l'amour.

Marie-Jo revint accompagnée de la directrice. Si elle eut un sourire complice devant la scène, il fut vite ravalé par la hargne de la geôlière.

— Que faites-vous ? hurla celle-ci en accourant. Instantanément, la bouche de Mamie retomba, et le regard se réfugia à l'intérieur. Debout les bras ballants, à nouveau sans âme, elle levait un pied puis l'autre, afin que la dame puisse la rechausser. C'est vrai, il faisait encore froid, la mort risquait d'avoir le nez qui coule. Helga la lionne, laissa couler ses larmes, silencieuse. Zoé, toujours dans ses bras, caressa avec tendresse le vieux visage vidé de vie. Son regard était intense. Marie-Jo s'approcha, enroula son bras autour des épaules de sa fille, prit la main de la vieille et posa son front sur la tête de Zoé. Mais l'instant magique ne reviendrait plus, Helga du clan de la Tortue le savait bien. Mamie leur avait dit adieu et c'était définitif. Ce moment merveilleux était un dernier message : elle était à jamais petite-fille de la Terre ! C'était son héritage.

Jamais plus elle ne voulut retourner là-bas. Pour Zo, elle ne voulait que cette force mystérieuse offerte un dimanche après-midi, cette dernière lueur de vie. Elle écoutait Marie-Jo, participait de loin à tous les soins que sa mère prodiguait au corps trop solide, enfermé dans le mouroir.

Marie-Jo se pencha vers Zoé :

— Fais un bisou à Mamie, Mamour. Zoé la regarda fixement, puis lui décocha un grand sourire coquin, et lâchant les articles du marché, attrapa les chevilles de sa mère pour cacher sa tête entre ses jambes. Marie-Jo fit mine de rire, puis se tournant vers Helga :

— Tout va bien chérie ?

— Mais oui maman, pourquoi ?

— Je ne sais pas… J'avais l'impression…. Max… Enfin… Il n'est pas là… et…

— Allez ! s'exaspéra Helga sous-entendant qu'elle connaissait bien cette chanson là. Mais je te l'ai dit, il est allé aider un ami ! Taz ! Tu sais bien ? Taz, il a été foutu à la porte, alors y' a urgence !

Marie Jo regarda sa fille attentivement. Il lui semblait que depuis quelque temps Max était souvent dehors et lorsque par hasard il restait à la maison, il s'habillait d'un silence boudeur qui ricochait sur la bonne humeur inébranlable d'Helga. Helga ne disait rien. Elle ne semblait rien voir. Elle riait avec Zoé, jouait avec Zoé, baignait Zoé, promenait Zoé, nourrissait Zoé… Zoé était comme un écran de joie du haut de ses dix-huit mois bavards et enjoués !

10

Max roulait lentement. Ses mâchoires étaient crispées comme si souvent désormais. Ça lui faisait mal en dessous des oreilles, et dans le cou aussi. Il était un bloc de ciment. Un bloc que seules des larmes pourraient dissoudre. Mais il ne pleurait pas, Max. Il serrait les mâchoires, le regard sombre, l'âme colère ! De sa main gauche, il frottait sa nuque pour attendrir les muscles douloureux qui l'empêchaient de respirer profondément. Il s'était levé tôt ce matin-là. Taz leur avait donné rendez-vous à Villeneuve-sur-Lot à six heures du mat. ça faisait une trotte ! Tony était en avance comme d'habitude. Max l'avait trouvé sirotant un café parfumé. Bruno les a rejoints assez vite avec la camionnette de Rachid. L'équipe de déménageurs était donc au complet. Le petit bar de la place était calme, encore endormi et tentait un réveil à grand renfort d'odeurs de café et pain chaud, de tintements de verre, de grattements divers… La couleur du jour s'annonçait jaune soleil. Max avait peu dormi ; cela faisait des mois qu'il s'épuisait à quêter le sommeil. C'était venu peu à peu, insidieusement. La nervosité s'était emparée de lui d'abord dans la journée… Elle décuplait l'énergie du corps sec et noueux qui le supportait… Puis l'irritation a fait surface, talonnée de près par la colère. Au début il s'était dit qu'il réagissait comme un con devant des choses somme toute normales. Il s'en voulait férocement. Helga ne méritait pas ça. Elle restait si souriante, si enjouée… Ben ouais, peut-être ! Mais c'est justement là, le problème : il détestait cette gaîté d'Helga, parce que « NIET », lui ne pouvait la partager. Bordel non ! Pas tant qu'il serait dévasté par cet isolement croissant. Il ne supportait plus ce petit sourire en coin, ni le rosé de ces joues lorsqu'elle était embarrassée. Et elle était constamment rosée. Helga lui parlait avec une douceur exagérée, en lui tournicotant autour dès que la petite était couchée. Alors, il aboyait. Il aboyait de terreur car il savait que dès le réveil de Zoé il cesserait d'exister. Pas suffisamment toutefois. Il lui restait encore assez d'existence pour qu'il apparaisse menaçant : dès qu'il s'approchait du bébé, Helga venait dans ses pattes. Si ce n'était le cas, la petite se mettait à hurler, cherchant les bras de sa mère. Et lui… c'était le con ! Il ne cessait d'aboyer que pour gémir intérieurement toutes les nuits, près d'une Helga qui continuait à rechercher ses bras mais sans jamais s'ouvrir ! Il n'en pouvait plus de sa queue douloureuse et inutile. Ça lui faisait mal à la tronche. C'est vrai faudrait qu'il pleure, ça lui nettoierait la tête, ou bien qu'il cogne….

Taz s'était fait désirer. Au deuxième café, Tony et lui n'avaient déjà plus rien à se dire, et Bruno avait du mal à maintenir la discussion. Ils ne se fréquentaient qu'en groupe ou sur la pelouse. Ils se respectaient en se reconnaissant du même monde : le monde des jeunes de la terre, fermés et laborieux, sans autre excentricité que la troisième mi-temps où l'ovale des verres remplaçait l'ovale du ballon. Tony et Max avaient fait partie de la même équipe quelques années auparavant. Ils avaient une solide réputation, tant sur la pelouse, que pour les activités en extra qu'ils s'attachaient à défendre. Aujourd'-

hui, il ne reste rien de la complicité des deux joueurs : l'ailier et l'arrière n'ont plus rien en commun. Max ne disputait désormais que quelques rencontres occasionnelles. Tony lui, restait fidèle au club, même si les défaites étaient nombreuses. Il sortait de boîte, et n'était pas bien frais. Le petit bar commençait à s'animer. Tony tenta de joindre Taz

— Et ducon ! Qu'est-ce que tu fous ? On t'attend depuis deux plombes ! Bouge-toi ! a-t-il lancé à la messagerie du portable qui ne s'allumait jamais. Puis à tour de rôle quasiment toutes les dix minutes, ils ont tenté la communication. Finalement, ils ont ri de cette absence absurde. Ils étaient crevés.

— Putain ! Le Taz y change pas ! Toujours ses histoires à la « mords-moi le nœud ». Qu'est-ce qu'on fait ? Tony avait la voix éraillée et de tous petits yeux brillants de sommeil. Taz s'était fait lourder par sa meuf. Il n'en revenait pas d'avoir été quitté. Elle lui mangeait dans la main, lui obéissait au doigt et à l'œil, l'attendait des heures quand il était avec ses potes. Il buvait, jouait, draguait et revenait vers elle puant, honteux et débordant d'une tendresse imbibée. Il casait toutes ses conneries dans la catégorie mi-temps, et cette catégorie ne pouvait faire de mal à personne. Il était sincère, vraiment amoureux cette fois ; amoureux de ses grands yeux maquillés de noir, de ses longues jambes douces posées élégamment sur des talons fins, de l'odeur sucrée de ses cheveux, de son adorable sourire, et de sa patience. Il voulait se marier ! Il l'avait dit à Helga et à Max… mais pas à Cécile ! Un jour Cécile a craqué et le fils Bertaut l'a cueillie. Taz a hurlé, menacé, et à court d'arguments, lui a dit de se casser. Avec douceur, ses grands yeux de biche aussi noirs que l'amour elle avait répondu :

— Taz, s'il te plait, ne le prends pas comme ça. C'était bien toi et moi tu sais ! Mais là tu dois partir, car tu es chez moi, et Michel va arriver. Allez mon minou, sois gentil. Taz nous avait raconté le rire dans la voix :

— J'étais comme un con à l'entrée du salon, j'avais déjà

dignement ouvert la porte pour qu'elle se barre : j'avais juste oublié qu'on créchait chez elle ! Sacré Taz, qui trouvait toujours le drôle d'une situation, quelle qu'elle soit, et qui faisait toujours rire par ses frasques et ses remarques. Sacré Taz à qui on pardonnait toujours tout, parce que lui ne laissait jamais tomber un pote.

— Écoutez les mecs, vous n'avez qu'à y aller. Moi je vais attendre encore un peu. De toute façon, après je vais sur Agen, c'est pas bien loin !

— T'es trop bon mon vieux, exulta Tony, encadrant de ses deux mains, la tête de Bruno, le nez posé sur le nez de son ami. Soudain il l'embrassa sur la bouche. Surpris, Bruno fit un écart bruyant.

— Ho l'enflure ! T'as pas trouvé de gonzesse cette nuit ? Remarque ça ne m'étonne pas : tu pues de la gueule !

Max riait aussi… Mais…

Max roulait lentement. Il n'était pas pressé de rentrer. C'était dimanche, Marie-Jo serait là sûrement. Elle passait toujours après le marché et en général mangeait avec eux. Il aimait bien quand elle venait, personne ne faisait attention à lui. Et puis, elle avait un talent incroyable pour remplir l'espace de bruits, de mouvements et de bazar : une maison se transformait radicalement en sa présence. Elle était pleine d'énergie et de rires, un tantinet vulgaire selon son père à lui et bien d'autres du bourg… Ou peut-être étaient-ce leurs propres pensées qu'ils trouvaient vulgaires lorsque leurs pupilles se déplaçaient au rythme des fesses bien pleines et chaloupées de cette femelle encore très sexy.

Helga lui avait souvent raconté le silence réprobateur des voisins, les yeux qui se baissaient dès que la troupe de Marie-Jo approchait. Certes la Marie-Jo's family, n'était pas des plus tranquilles ! Les hurlements fusaient en mots parfois grossiers, les portes claquaient comme les « bonjour » tonitruants. Marie-Jo se rendait-elle compte qu'il n'y avait aucun écho à ses saluts enjoués ? Probablement : Helga lui avait vu bien souvent des larmes au coin des yeux. Les hommes ne pouvaient maîtriser leurs regards concupiscents, quand ceux de leurs épouses, mères, sœurs renvoyaient des flammes de jalousie. C'est pourtant d'une même voix éteinte quasi inaudible, qu'ils répondaient à peine poliment à Marie-Jo. Helga se souvenait en particulier de ce couple de voisins, tous les deux enseignants au lycée public du petit bourg. Qu'ils étaient fiers tous, lorsqu'ils ont quitté leur HLM pour emménager dans la grande maison du centre-ville ! « C'était comme s'extirper d'un reportage sur la misère gluante, pour voyager en première classe » disait-elle en utilisant ces images mouvantes qu'elle affectionnait et qui faisaient d'elle une surdouée de la rédac à l'école. Ils sont arrivés gauches, intimidés, avec quelques sacs poubelles bleus en guise de bagages. C'était un dimanche matin comme aujourd'hui, et en ce jour de marché, il était impossible de se garer. La camionnette de l'oncle était restée en double file. Ils ont déchargé les quelques meubles délabrés et rafistolés, les gros sacs poubelles, et toute leur joie de changer de condition. A la fenêtre de la maison voisine, Monsieur et Madame Paulin, enseignants, mariés, sans enfant, trois chiens, pinçaient les lèvres sous leur nez long. Cela allait devenir leur seule expression, et s'ils répondaient parfois (du bout des lèvres bien sûr) au bonjour de Marie-Jo, jamais, au grand jamais, ils n'entendraient, ni ne verraient, un seul des trois enfants ! Jamais ils ne les regardèrent, jamais ils ne leur parlèrent : ils n'existaient pas ! Helga en riait aujourd'hui moqueuse, presque compatissante, mais elle se souvenait très fort de la morsure de l'humiliation lorsqu'au tout premier jour du lycée, elle croisa Madame Paulin sous le préau de la cour de récré. Toute à son bonheur d'être en seconde, chez les grands, chez les intellos, elle s'était arrêtée avec un large sourire fier et conquérant.

— Bonjour Madame Paulin.

Madame Paulin avait marqué un arrêt en la toisant, et l'expression dégoûtée s'était détournée sans un mot vers la collègue qui l'accompagnait, pour continuer sa conversation comme s'il n'y avait pas eu d'interruption.

Ce jour-là, l'indifférence travaillée d'Helga avait craqué. C'était des profs ! Bon sang, des profs !

Max savait que Marie-Jo s'inquiétait pour lui, pour eux. Elle avait peu de mots, mais elle était faite de cet instinct quasi animal, qui lui faisait ressentir la souffrance des siens, et depuis le temps qu'il fréquentait Helga, il faisait presque partie des entrailles de ses entrailles. Elle l'aimait, le protégeait, le dorlotait, alors, il était content quand elle était là, mais s'exaspérait du regard scrutateur qu'elle posait sur lui.

Il avait tant traîné, qu'il n'était pas loin de midi trente lorsqu'il entra dans la petite ville. Le marché qu'il contournait se vidait de ses marchands. Il aimait bien cette place qu'il avait fréquentée si souvent pour vendre quelques pots de la mère ou légumes du père. Aujourd'hui, ils ne vendaient plus sur le marché, mais il y retrouvait volontiers les copains, et venait s'y régaler d'une croustade faite maison qu'on ne trouvait guère plus qu'ici, au petit stand de l'ancienne. Aujourd'hui l'agitation finissante le laissait indifférent. Il traversa le bourg, et s'achemina vers la maison excentrée.

Marie-Jo, seule dans le salon, sirotait un café fumant devant les infos télévisées.

— Ho, bè, tè ! Mon Maxou on ne t'attendait pas ! Tu devais pas déménager ton ami ?

— Tu connais Taz ! Il nous a encore fait un coup foireux ! Max souriait gentiment à sa bruyante belle-mère. Helga couche la petite ?

— Oui, tu peux y aller, elles viennent juste d'aller dans la chambre. Zoé tombait de sommeil !

— Je la verrai à son réveil, je vais manger un bout, et voir si le père a besoin d'aide. Je crois qu'il voulait réparer une clôture. Max se dirigeait derrière le comptoir de la cuisine.

— Tu ferais bien de t'offrir une bonne sieste, tu as l'air crevé !

— Bah ! Ça va, mais je me suis levé tôt à cause de ce corniaud de Taz ! Et puis cette semaine j'ai fait des rempla pour les quarts du matin. Quatre heures du mat, ça fait tôt ! !

— Eh bè, si c'est tout ce que ça te rapporte cette promotion, tu ferais mieux de reprendre ton ancien poste.

Max se mit à rire en cassant deux œufs sur la plaque chaude : une lubie d'Helga, il devait avouer que c'était efficace pour la cuisson !

Max leva les yeux sur Helga qui entrait dans la pièce et aussitôt la chape de solitude et d'angoisse s'abattit sur lui. Helga pourtant arborait son habituel sourire gourmand et amoureux, avec tout juste une pointe de gêne hypocrite, et, bien caché dans le bleu lavande, une lueur implorante ;

— Mon doudou, c'est super que tu aies pu revenir si vite. Ça s'est bien passé ? Comment va ce pauvre Taz ? Max expliqua à nouveau toute l'histoire, et sa mauvaise humeur n'échappa à personne. Helga continuait d'offrir son sourire gracieux faisant comme si tout était bonheur sans nuage.

— Ho ! Mon Maxou ! Tout ce temps perdu au lieu de dormir ! Quand même ce Taz !!! Dès ses premières syllabes, Max avait serré ses paupières et crispées ses mâchoires. Elle l'avait bien vu ! Max avait envie de la démolir !

Helga parlait tout en regardant cet homme, son homme, le père de sa fille, la détester. Il souffrait, elle savait qu'il souffrait d'elle, par elle, contre elle. Elle sentait que c'était d'une extrême intensité, mais parfois elle ne comprenait plus ! Elle aurait aimé l'aider à ne plus avoir mal, mais plus elle lui tendait la main et plus il fuyait, la rage en avant ! Elle n'arrivait pas à souffrir elle-même : elle était trop heureuse, trop pleine depuis qu'elle était maman. En fait, elle souffrait bien un peu, mais un tout petit peu seulement. Elle s'en voulait, c'est sûr, de n'être pas plus en manque de sa présence, de sa douceur. Et des fois, même, elle lui en voulait à lui, d'être tant en souffrance, alors qu'elle était si heureuse, mais jamais elle ne le lui laissait percevoir !

— J'ai beaucoup pensé à Taz ce matin. C'est triste que son histoire finisse comme ça ! Pour une fois qu'il s'attachait à quelqu'un !

— Hum…

— Tu sais, Cécile m'a tout raconté. Elle était complètement accro ! Mais ces derniers temps elle n'en pouvait plus. Taz n'en faisait qu'à sa tête. Il est parfois d'un égoïsme monstrueux ! Elle a même su qu'il l'avait trompée ! Tu sais comment il est quand il boit… Plus rien n'existe !

— Hum…

Marie-Jo prit la parole :

— Il est mignon ce jeune, et gentil tout plein, mais il est « incassable » ! Il a trop besoin que tout le monde l'aime, et besoin d'être dans la lumière. Il aurait dû être acteur ! Y a qu'à voir comment il se comporte sur le stade : une vraie star !

— Et en boîte aussi ! Tu le verrais maman, danser sur les baffles, se déhanchant, chemise ouverte, sourire de gloire, verre à la main, et toutes les minettes qui se trémoussent à ses pieds… La vraie coqueluche !

Cette image les fit rire toutes les deux, même Max se permit un sourire. C'est vrai que le Taz est impayable !

— Michel est amoureux de Cécile depuis des années ! D'ailleurs, ils sont déjà sortis ensemble ! Je pense que ce n'est pas l'amour fou pour elle, mais il la rassure… Et après Taz, elle a bien besoin d'un peu de sécurité. Tu savais qu'il y a quelques mois, elle était tombée enceinte ? Ce fumier l'a obligée à avorter : Il ne se sentait pas l'âme d'un père de famille ! Je crois que là, quelque chose s'est cassé entre eux !

Helga était bien décidée à rétablir le contact avec Max. Cette distance lui pesait. Marie-Jo allait bientôt partir pour retrouver Mamie, et elle ne voulait pas d'un dimanche après-midi silence-angoisse. D'ailleurs, malgré sa fatigue, elle imaginait volontiers une sieste coquine ! « La sieste crapuleuse » disait Max l'œil goguenard ! Mais ça, c'était le Max d'il y a quelques mois. Le Max d'aujourd'hui, c'est le Max sombre, celui qui fait la gueule, qui ne parle plus, qui ne rit plus. C'est le Max de cette nuit, qui ne dort pas, retient sa respiration, raidit son dos quand elle se blottit contre lui. « Tu ne peux pas la laisser « chouiner » un peu, non ? » avait-il lancé durement alors qu'elle se relevait pour la troisième fois. Il avait bien essayé il y a quelques mois de partager ces veillées nocturnes avec elle. Mais elle ne pouvait s'empêcher de se lever à sa suite et de lui prendre Zoé des bras ; alors, il avait cessé de se lever : Zoé se rendormait toujours plus vite avec elle.

Max c'est ça aujourd'hui : jamais content ! Malgré tout, nuit après nuit, elle se blottit contre lui : elle a besoin de sa peau. Max, c'est son monde ! Avec Zoé, Marie-Jo, les deux frangins, et Mamie. C'est un tout petit monde, mais il la fait respirer ! Tout au long de sa vie, elle avait tissé les liens qui la protègent du gouffre, Helga, vingt ans aux yeux enveloppants... Alors, personne ne lâcherait sa main : elle le jure !

Mais là, Helga est un peu colère. Max ne fait aucun effort et ses pupilles à elle, ses pupilles bleu lavande commencent à scintiller dangereusement.

— Ça va bien maintenant, Monsieur Max ! Tu es décidé à nous pourrir le dimanche ?

Il ne répondit pas, ne la regarda pas, et ça : elle détestait !

— Dis Monsieur-je-fais-la-trogne, je suis là ! Ne fais

surtout pas comme si tu étais tout seul ! Je suis là, je te parle, j'existe !

Il releva la tête cette fois. Helga s'était assise, elle avait caché ses mains dans ses manches et commençait à rentrer sa tête dans son cou : la décapitation, c'était mauvais signe ! Pourtant, curieusement la dispute à venir le soulageait déjà. Un cri de Zoé fit diversion. Il secoua la tête et se dirigea vers la chambre de l'enfant. Elle était bien réveillée et avait un air pas content du tout ! C'est fou ce qu'elle ressemblait à Helga, avec ses yeux au bleu si changeant, sa jolie petite bouche pincée de colère ! Elle était pleine de vie et d'exigences ! Et ses volontés de petite femme le pliaient comme un roseau. Il était perdu entre ces deux femmes qui s'entendaient à merveille pour le contraindre et l'asservir. Mais qu'il soit à leur disposition ne semblait pas leur suffire, et il ne comprenait rien à leur rejet.

L'enfant l'examina quelques secondes, puis comme il tendait les bras pour l'attraper, elle se mit à hurler ! « Non ! … Mama ! Non ! … Mama ! … Non !!!! » Ses petites mains s'abattaient sur lui avec fureur. Helga se précipita, le repoussa, et prit l'enfant dans ses bras. Zo cessa immédiatement de pleurer et reniflant, la tête posée sur la poitrine de sa mère, elle le fixa d'une façon qui lui sembla narquoise.

Helga lui sourit. Il lui rendit un regard tellement plein de haine, qu'elle ressentit pour la première fois depuis tous ces mois de distance, comme un coup profond, violent, lui heurtant la poitrine. Son souffle en était presque coupé. Les cheveux fins de sa fille se frottaient contre son cou, elle la serra un peu plus contre elle. Elle avait froid soudain. Elle sentait la morsure de la solitude lui glacer le corps. Elle avait cru pourtant que cela ne devait jamais plus arriver. Elle avait cru pourtant que les bras de Max l'avaient complétée, et la naissance de Zo, rendue indestructible. Elle avait cru pourtant qu'elle avait gagné cette armure qui la protégeait de tout. Et c'était cette armure qui s'était retournée contre Max, et la brisait en le frappant ! Tout se fissurait en elle. Pour éviter de se craqueler, elle serrait de plus en plus fort l'enfant. Elle appuya plus profondément ses deux mains sur la tête et les épaules de Zo. Elle avait mal, Helga aux yeux bleu sombre. Elle avait peur ! Elle voulait rentrer l'enfant en elle, qu'elle redevienne son ventre rond et sa promesse d'absolu ! Elle voulait que s'efface la haine du regard de Max. Elle voulait que cesse la morsure.

Zo s'agitait ; elle ne respirait plus très bien et voulait que sa mère la lâche.

Max, un peu hagard, retourna s'asseoir devant son assiette, le regard vide cette fois… Marie Jo n'avait pas bougé.

— Max… balbutia Helga.

Instantanément les mâchoires de Max se crispèrent.

— Max ? S'il te plaît… Qu'est-ce que tu as ?

Il ferma ses paupières lentement. Lui aussi voulait tout effacer, ce moment précis, mais tous les autres aussi, tous les moments avec Helga, puis ceux d'avant aussi… Il voulait effacer tous les moments de sa vie. Il voulait effacer sa vie. Alors il serrait ses paupières : Peut-être que s'il les serrait assez fort plus rien de tout ça n'existerait !

Ses tempes cognaient violemment, c'était si douloureux. Marie-Jo qui l'observait du coin de l'œil regardait avec inquiétude une grosse veine qui dansait frénétiquement.

— Max, parle-nous s'il te plaît !

Ce NOUS explosa dans son crâne. Son poing s'abattit avec violence sur la vieille table de chêne, qui, sous le choc, se fendilla sur toute la longueur. Seule Marie Jo vit la zébrure s'étendre sur le bois.

— Mes couilles ! hurla-t-il en se levant brutalement de sa chaise qui tomba lourdement sur le carrelage.

Helga s'accroupit en se détournant comme pour protéger Zoé de son père. Marie-Jo se précipita vers elles deux, et mit son corps en écran les deux bras écartés. Max imprégna sa rétine de cette scène tout en s'éloignant vers la sortie. Arrivé à la porte, il regarda à nouveau les trois femmes terrorisées. Sa fureur s'était transformée en quelque chose qui lui voûtait le dos. Ses yeux accrochèrent les yeux bleu lavande d'Helga. Son regard enlaça celui affolé de la jeune femme. Que de désarroi put elle y lire ! Il se détourna enfin, et le vide s'installa en elle. Zo se mit à pleurer doucement. Marie-Jo, elle-même en larmes, la prit des bras d'Helga et la ramena dans la chambre. Helga ne sentit pas son ventre se gonfler, son souffle s'accélérer, sa poitrine se soulever par saccades, les premiers sanglots déchirer sa gorge. Sans force désormais, elle se laissa tomber lourdement sur le sol, et la tête levée vers le plafond, elle se mit à hurler sans chercher à retenir ses larmes, sa morve, ses grimaces. Elle hurlait, Helga, la Louve blessée. Elle n'était plus que ce cri rauque, sauvage, sans âge, s'étirant à l'infini dans l'univers, Helga, Lionne à terre !

Marie-Jo revint, s'assit derrière elle et la prit tout contre elle pour la bercer avec douceur. Helga ne s'abandonnait pas. Son corps était tétanisé, son cou ne fléchissait pas, ses yeux fixaient au-delà du plafond. Petit à petit, Marie Jo réussit à imprimer un mouvement dans le corps de sa fille, et toutes les deux, soudées, se balancèrent en rythme régulier, d'avant en arrière. Le cri d'Helga, s'éteignit peu à peu, cédant la place à quelques sanglots épars. Sa respiration était confuse et épuisée. Elle laissa sa tête s'abattre sur l'épaule de sa mère

11

Penché au-dessus du canal, Max ne pensait plus. Sa longue marche, à pas larges et pressés, avait endormi son cerveau. Il regardait l'eau noire onduler sous la caresse du vent. Le silence était parfait dans la torpeur du dimanche après-midi. Il n'entendait plus que son souffle trop fort. Il frissonna sous son tee-shirt léger, ce qui le ramena un peu à la vie. Il se rendit compte que ses joues étaient trempées : il avait pleuré !

— Salopes ! Les Salopes ! ragea-t-il entre ses dents. Il donna un coup de poing sur le muret, puis un autre et un autre encore. A chaque coup, une onde de douleur et la colère qui enflait un peu plus. Il imaginait que sa main s'abattait sur Helga, qu'il écrasait sa douceur, sa fragilité, ce sourire tremblant. Il lui en voulait de son air de terreur. En un regard éperdu elle avait fait de lui un monstre. Comment pourrait-il à nouveau devenir son refuge ? En quelques inoubliables secondes, il avait perdu tout ce qu'il était. Il n'était plus un homme : il était pire que rien !

— Salope ! Salope... Ce n'était plus qu'un murmure. Ses doigts étaient en sang. Un sanglot lui échappa,

— Helga, hoqueta-t-il tandis que sa main cherchait l'absente dans l'air froid. Il ne se souvenait pas avoir eu déjà aussi mal dans son corps. Un haut-le-cœur l'obligea à se pencher en avant. Il eut l'impression de vomir sa vie en même temps que ses tripes.

— Vous avez besoin d'aide, Monsieur ? Une voiture de police s'était arrêtée près de lui. Le regard du flic était plein de sollicitude.

Max se redressait avec difficulté,

— Non, merci. Je crois que j'ai trop marché, c'est tout. Ca va beaucoup mieux. Je vais continuer mon chemin.

— Voulez-vous que l'on vous ramène ? Qu'on vous accompagne à l'hôpital ? Qu'on appelle quelqu'un ?

— Non, je vous assure, tout va bien… C'est juste de la fatigue ; mais je suis presque arrivé. Il devinait à l'expression des deux flics que sa tête ne devait pas tenir les mêmes propos que lui. Mais que pouvait-il dire d'autre ? Non, il n'allait pas bien du tout, mais l'hôpital n'y pourrait rien, quant à le ramener…

La voiture démarra et Max la regarda s'éloigner. Il tenta de s'essuyer le visage avec son avant-bras. Le geste était lent. De ses deux mains il se frotta la nuque ; ce vieux tic acheva de le ramener au monde. Il décida d'aller chez Jean-Jean. Il lui était impossible de rentrer dans la maison où il s'était perdu.

Helga était très pâle. Ses traits exhibaient ses nuits sans sommeil, tous ses réveils haletants au milieu des courses affolées qu'elle faisait en dormant. Seul le souffle de Max pourrait l'apaiser. Mais Max n'était plus dans le grand lit. Cela faisait trois jours et des heures interminables qu'elle l'attendait. En cinq ans, ils n'avaient jamais dormi loin l'un de l'autre. Nuit après nuit, sa tête s'était reposée dans le cercle chaud et ferme qui entourait son cou, son dos parfaitement moulé sur son ventre à lui, ses genoux repliés accueillants ceux de Max. Même à la clinique, alors que Zoé se faisait attendre, elle n'avait pu prendre du repos qu'en s'endormant quelques brèves minutes de cette façon. Comment aurait-elle pu dormir aujourd'hui ? Parfois, les longues nuits la faisaient basculer dans l'inconscience, quelques minutes, puis sa tête était tirée vers l'arrière par des mains d'obscurité et elle se retrouvait violemment plongée dans son corps. Le choc du réveil était alors effrayant. Elle se disait que, dans ces moments de mort, son âme était partie à la recherche de celle de Max, une recherche difficile dans le chaos, et lorsqu'elle s'en approchait, des esprits maléfiques la ramenaient loin de lui. Max... Non jamais elle n'avait dormi loin de lui si longtemps... Ah, si ! Elle sourit faiblement à ce souvenir. Il y avait bien eu cette fois où il avait tenté une rupture, comme pour s'arracher à l'inéluctable. Ces deux mois parenthèses étaient devenus la honte cachée de Max et le triomphe absolu d'Helga. Pour rien au monde elle n'eut voulu effacer ces soixante jours de sa mémoire, pendant lesquels elle avait si parfaitement absorbé l'existence de Max à la sienne qu'ils n'ont pu faire qu'un par la suite. Il n'avait aucune chance de lui échapper, pas plus que la blondasse n'a eu de chance de le récupérer. Max et Helga s'appartenaient, et puisqu'un moment de douleur était nécessaire afin que l'évidence apparaisse, elle l'acceptait.

Ils se boudaient depuis quelques jours. Rien de grave sans doute, l'objet de la brouille était depuis longtemps effacé. Elle avait beau faire des efforts de mémoire : rien ne lui revenait. Le souvenir commençait la nuit où ils avaient croisé la blondasse en boîte. Les cheveux filasse, les yeux inexpressifs, la mine enjôleuse, elle avait évoqué pendant plus d'une heure des années de souvenirs dont Helga était absente. Helga pinçait les lèvres, fumait d'un air détaché, et posait sur la piste le regard furieux qu'elle voulait cacher à Max. Ce crétin riait comme un con aux blagues de la potiche, se rapprochant bien trop près. En rentrant, il avait tout du gamin content de sa bêtise. Ils se sont couchés sans se parler, et c'est bien parce que leurs peaux était indissociables, qu'ils se sont retrouvés collés l'un à l'autre au réveil. C'était dimanche, très tard, ils se sont levés sans se parler. L'idiot sifflotait comme pour la faire enrager. Ça marchait : elle enrageait ! Le « A tout' » claironné en refermant la porte sur lui, avait résonné désagréablement aux oreilles d'Helga.

A treize heures, il n'est pas venu déjeuner.

A quinze heures, il n'est pas rentré pour le café.

A dix-huit heures, elle trépignait, enrageait, regardait son portable avec haine. Titi est arrivé avec une enveloppe même pas fermée.

— Toi et moi : terminé ! Oublie-moi ! Max.

Ce qu'elle avait ressenti ? Une fureur intense ! Elle n'avait rien vu arriver sauf cette blondasse à l'odeur de pain de campagne qui passait dix fois par jour dans la rue. Elle s'était assise dans le fauteuil déglingué de sa chambre de jeune fille, avait caché ses mains dans les manches du vieux pull, avait rentré son grand cou dans ses épaules et les yeux errant vers la fenêtre avait inspecté cet évènement imprévu. Elle se savait supérieure à cette demi-boulangère, aux hanches larges, à l'air crétin. Elle était si sûre d'elle et si sûre de Max. Cette nuit encore, dans son sommeil, il s'était collé contre son dos, la tenant prisonnière de son bras. Il avait besoin d'elle, elle le savait ! Alors, la grognasse n'avait aucune chance !

Bien sûr, elle avait pleuré. Bien sûr, elle avait cessé de manger. Ses longs cheveux châtains coulaient, ternes, sur son visage trop fin, presque transparent. Son regard s'évadait de ses yeux trop grands. Elle était si maigre dans ses fringues moulantes. Ses maux de tête étaient omniprésents. Et elle adorait ça. Elle a adoré tout ça. Elle a adoré chaque instant de cette douleur. On chuchotait presque en sa présence, jusqu'à ses frères qui avaient cessé de la taquiner ; Marie-Jo était aux petits soins ; les profs évitaient de la regarder. Elle était l'héroïne d'un drame passionnel : elle adorait ça vraiment. Elle savait que ça ne durerait pas, que le bonheur dans les bras de

Max reviendrait. Elle l'avait choisi. Elle avait forgé chaque colonne de leur histoire. Il reviendrait vers elle : c'était inéluctable. Elle n'a pas eu la moindre envie de se laisser approcher par un autre mec, pas même celle de le rendre jaloux. Non ! Elle attendait simplement, Helga aux yeux patience.

Max était revenu petit à petit, penaud, timide, d'abord avec des prétextes :

— Je viens chercher ma chaîne... Ha t'en as encore besoin, ben garde la alors... Non ! Non ! Y a pas d'urgence ! T'as un café s'il te plaît ?

Puis il est venu sans prétexte, boire un coup, voir un film, porter des légumes, réparer la chaudière, fumer sa clope en rêvant... discuter avec ses frères, sa mère, elle... Puis il est venu tous les jours, tous les soirs, de plus en plus tard. Helga n'exultait pas, ne tentait pas de le séduire. Elle était elle-même, en fonction de l'instant, rieuse, douce, absente, câline, amicale, mais toujours sûre. Elle conservait avec naturel les gestes d'avant, posait sa tête sur son épaule en regardant des films, parfois s'endormait, la joue sur ses genoux. Lui, était emprunté et n'osait plus respirer quand elle était si près. Parfois même lors de contacts qu'il pensait innocents, une érection venait le perturber. Helga faisait mine de ne rien voir, et se moquait en cachette. Ce n'était que du jeu, sans précipitation, Helga n'était pas pressée : Max et elle s'appartenaient, et même cette rupture était une partie de leur lien. Elle s'autorisait parfois une pensée apitoyée pour la blonde esseulée. Mais très vite vengeresse : « Fallait pas y toucher, conne ! » Helga n'aimait pas les gros mots, ni les insultes. Mais cette pauvre fille n'avait pas d'autre nom que : conne, blondasse et grognasse. Était-ce la faute d'Helga ?

Ça lui plaisait bien, l'idée d'avoir une ennemie, une rivale pas si dangereuse au fond, mais qui lui permettait d'explorer l'univers du désespoir et de la jalousie. Elle servait de tremplin à la croissance de leur couple. Et c'était bien comme ça.

Elle avait bien des atouts pourtant la rivale. Le père de

Max en particulier était dingue de cette petite dinde dont la famille avait l'avantage de posséder quelques terrains à la bonne terre cultivable. Helga, elle, n'avait que ses yeux bleu lavande à peine maquillés, sa mère, la brave Marie-Jo aux jupes trop courtes, ses crétins de frères et ses joues pâles. Alors, le vieux poussait un grognement en guise de bonjour quand il la croisait. Longtemps, Max n'avait pas eu le droit de la faire entrer dans la maison. Elle attendait dans la voiture, devant la ferme. De temps en temps, la mère de Max regardait par la fenêtre de la cuisine, et lui faisait un petit sourire gêné. Helga n'était pas gênée, elle, pas fâchée non plus : son monde à elle c'était Max, pas les autres. Et puis le vieux pouvait bien faire la gueule, parfois la nuit, Max introduisait la mal-aimée dans la chambre, et ils pouffaient de rire en faisant l'amour. Le père sentait-il une atmosphère différente, lorsqu'au petit matin, il buvait son café avant de disparaître dans les champs ? Pouvait-il imaginer qu'à quelques pas de lui son fils se blottissait contre le corps frêle d'Helga ? Peu à peu, il s'était habitué à la rencontrer encore et encore. Max avait quitté la maison pour s'installer chez Marie-Jo, dans la chambre de jeune fille d'Helga. Alors, il avait cessé de s'opposer. Un dimanche, Helga avait été invitée, puis le suivant ; petit à petit, la famille a accepté sa présence du matin comme une évidence. Et enfin, ENFIN : la rupture. Le retour de la fille du boulanger, et à nouveau l'espoir de voir les terrains s'accoupler ! Le vieux ne cherchait même pas à cacher sa joie, derrière sa barbe broussailleuse. Le dimanche, sur le marché, il hélait Marie Jo.

— Alors la petite mère, tout va t-y bien aujourd'hui ?

Marie-Jo répondait en riant. Un jour elle s'attarda, l'air soucieux.

— Je suis un peu inquiète pour Helga. Elle a du mal depuis que ton fils est parti. Et bientôt les examens du bac…

— Bah ! Elle s'y fera ! Elle est mignonne, la coquine, elle trouvera bientôt un autre gentil gars. Faut pas s'en faire ! Pi

Max tu sais, il file le parfait amour maintenant, alors aucune chance qu'il revienne !

Il taisait les regards absents de son fils, les nuits où il l'entendait se perdre devant la télé, les dimanches où il refusait de jouer au rugby avec les copains, la rareté de ses rires. Les deux pères avaient manigancé un mariage rapide, les avaient pressés, leur promettant de les aider à démarrer leur vie de couple, l'un donnait une maison, l'autre un terrain. La mère de Max avait secoué la tête, incrédule,

— Mais tu es fou, ça fait un mois qu'ils sont ensemble.

— Et alors ? Ils se connaissent depuis l'enfance, et ils sont déjà sortis ensemble que je sache !

Max avait refusé d'une voix ferme et furieuse, Nicole avait pleuré d'une telle détermination. Max était son premier, son seul amour. Elle en avait eu du chagrin lorsqu'il s'était amouraché d'Helga. Maintenant qu'elle l'avait récupéré, elle ne voulait plus qu'il file.

Le vieux avait eu un doute alors. Se pourrait-il ? ... Il se montrait de moins en moins bonhomme en croisant Marie-Jo.

— Dis, Marie Jo, j'ai appris que le fils rôdait pas mal par chez toi ?

— Ah oui, c'est vrai, il passe assez souvent. Ça fait plaisir de le voir.

— Moi, je crois que tu devrais lui dire de moins venir. Tu sais, il est comme qui dirait fiancé. Ça se fait pas de passer son temps chez son ex-copine. Puis c'est pas bon pour Helga, elle va s'imaginer des choses ! Dis-lui bien à Helga de rien s'imaginer, le petit va se marier.

Marie-Jo avait ri.

— Comme tu y vas ! Laisse les grandir un peu, ils sont bien jeunes tous pour parler mariage.

— Ben pas si jeunes ! Et puis dis donc, tu la trouvais pas trop jeune ta fille à la laisser coucher dans le lit du premier venu !

Marie-Jo, interdite, l'avait dévisagé. Cette colère… Pourquoi ?

— Qu'est ce qui te prend ?

— Rien ! Il ne me prend rien ! Dis à ta fille de laisser Max tranquille et tout ira bien !

— Tout ira bien ? Mais tu me menaces là ? Non, mais, je rêve, Helga c'est presque ta fille ducon, tu l'as vue grandir !

Le regard de Marie-Jo commençait à briller d'une lueur particulière. Marie-Jo la timide, Marie-Jo la douce, Marie-Jo la rêveuse perdait les pédales dès qu'une menace louchait du côté de ses enfants. Soudain le monde se taisait, s'immobilisait jusqu'à se diluer, Marie-Jo seule face au danger à abattre se figeait, et ces yeux étrangement fixes rassemblaient assurément l'énergie volcanique qui allait très vite l'embraser. La métamorphose serait totale et Marie-Jo en perdrait ensuite tout souvenir. Elle n'aimait pas s'évader à ce point d'elle-même, elle n'aimait pas ces moments d'obscurité opaque qui la rendaient au monde épuisée. Mais, impossible d'y échapper quand il fallait écarter tout danger du chemin de ses enfants. Cette autre, puissante et déterminée, tenait le monde entre ses mains, majestueuse et effrayante, elle choisissait son arme. Ce jour-là ce serait la colère froide de Marie-Jo l'impératrice qui protègerait l'innocente.

La glace brûlante du regard s'est posée sur le vieux. Il a baissé le sien, a voûté ses épaules, et s'est dandiné comme un con sur ses deux jambes. Se sentait-il petit ? Le dégoût de lui-même l'a probablement aidé à relever la tête d'un air de défi :

— Ecoute moi bien Marie-Jo, je te connais depuis longtemps, je t'aime bien. Je connais bien la petite, comme tu dis je l'ai vue grandir. Je l'aime bien ta petite, elle est mignonne comme tout, mais tu vois elle n'a plus rien à offrir à Max. Dis-lui de rester à sa place, c'est tout ! Je ne lui veux pas de mal, mais faut plus qu'elle approche le Max… Dans l'intérêt de tous !

Le ton était monté, la voix devenait presque aiguë,

grotesque avec ce visage épais et bourru. Il puait l'angoisse et la médiocrité et le savait. Mais l'affaire qu'il était en train de conclure avec le boulanger de la ville voisine était bien trop juteuse. Fallait pas laisser passer ça ! Et c'est pas les larmes d'une petite merdeuse qui allaient dominer le monde non ? Elle s'en remettra, elle est jeune… Pi, Max il s'y fera aussi.

Marie-Jo leva la main devant les yeux du vieux en montrant un écart minuscule entre son index et son pouce :

— Tu es comme ça ! Une toute petite merde ! Tes terrains, tes contrats, tes légumes et ton nom… Pff : du vent ! Juste un pauvre minable qui a besoin de contrôler des enfants et de gagner du fric pour se donner l'impression d'avoir des couilles ! Pauvre Vieux ! Les couilles, elles sont pas là ! T'as rien compris ! Ton fils, il se mariera pas avec ton bout de terrain. Ton fils, il vit sa vie ! Et toi, t'as pas intérêt à faire une seule réflexion à Helga, sinon, ce que tu prends pour des couilles, je te les arrache avec mes ongles et je te les fais bouffer ! Suis-je bien claire ?

Elle avait parlé doucement, presque soufflé, tout près du visage grimaçant. Le monde tournait autour des étals, soupesait les légumes, reniflait les fruits, s'interpellait. C'était dimanche, jour de marché. La cloche du cloître sonna dix heures. Personne n'avait rien vu, rien entendu. Si l'on avait prêté attention à ce drôle de couple, on aurait été ébloui par l'intensité de Marie-Jo.

Max était vaincu. Max n'écoutait pas Jean Jean le saouler de paroles en fumant son chichon. Après le boulot, il allait jouer au flipper pendant des heures, et se couchait à la fermeture du bar. Personne ne faisait attention à ses yeux rouges, sa mâchoire hermétique, son silence. Il fumait sans arrêt et n'avait dans la tête que le bruit de la boule argentée qui heurtait les obstacles prévisibles. Dès que le bruit s'arrêtait dans sa tête, il sortait, s'adossait à un mur, et laissait sa tête cogner avec régularité sur l'appui bétonné.

Les quelques heures passées chez Jean Jean, entre la fermeture du bar et l'ouverture de l'usine, le reposaient juste de l'extérieur : il ne dormait pas ! Il somnolait parfois, agité, gémissant, et ouvrait brutalement les yeux, haletant, effrayé ! Recroquevillé sur le canapé défoncé, il fumait encore et toujours, des blondes, des brunes, des pets, tout ce qui lui passait sous la main. Jean Jean était aux anges ; depuis l'arrivée de Max dans son petit studio sombre le ravitaillement chichon était assuré : Max lui filait le blé, et lui faisait les courses ! Ça sentait un peu l'excès dans le vingt-huit mètres carrés, mais c'était cool ; Max était cool, pas bavard mais cool. Puis c'était un pote, fallait bien s'entraider entre potes. Il ne comprenait trop rien aux problèmes de couple de Max, mais bon, c'était les problèmes de Max, ça ! Et Max était cool.

La tête farcie de sourires artificiels, Jean Jean parlait, parlait, de tout de rien, sans s'arrêter ; Max n'écoutait pas ; de temps en temps, il allait sous la douche se laver de tous ces bruits, puis mouillé, avec juste une serviette autour de la taille, frissonnant, il reprenait sa place au bout du canapé jusqu'à l'heure du boulot.

Mort ! Il était mort ! Depuis son arrivée chez Jean Jean, il n'avait plus pleuré ; il n'avait plus pensé non plus. C'est à peine s'il se souvenait pourquoi il était là. Il faisait des gestes par habitude, bossait parce qu'il ne pensait pas à ne pas le faire, se nourrissait de bières et de clops, et réussissait la prouesse de passer des heures sur le flipper sans faire Tilt ! Il ne ressentait rien : il était mort ! Les amis passaient tous les jours chez Jean Jean. Parfois ils fumaient en silence, parfois, ils discutaient entre eux. Max promenait sur eux ses yeux fiévreux, sans prendre part à rien. Il chantonnait parfois, ou sifflotait, mais ça n'avait rien de léger, ni de gai, ses amis préféraient encore son silence. Il se levait pour chercher une bière au frigo, son pas était traînant. Il disputait, avec une concentration paradoxale, des parties acharnées de poker. Il ne faisait jamais passer le joint, dès qu'il parvenait à lui, il aspirait rapidement, les copains ne protestaient pas, ils en préparaient un autre, simplement.

Bruno, gêné et maladroit avait bien tenté de lui parler :

— Tu sais vieux, j'ai vu Helga, elle pète pas la forme. Le prénom rude avait fait mal, juste un coup.

— Tu crois pas que tu devrais…Enfin… Mais que s'est-il passé ? Tu sais vieux… Il bégayait sous le regard terne de son vieil ami. Il transpirait aussi. Ils se connaissaient depuis longtemps, depuis toujours peut-être, ils avaient partagé les bancs d'école dès la maternelle, avaient joué, s'étaient battus, rabibochés, tant et tant de fois… Ensemble ils avaient découvert le désespoir de grandir, celui de se sentir nul devant le regard narquois des meufs, la hargne des tournois féroces de rugby, le mystère viril des troisièmes mi-temps qui les rendaient nauséeux pour plusieurs jours… Oui, ils avaient partagé tant de choses, mais jamais ils n'avaient ressenti le besoin de se dévoiler pour être compris ; les malheurs de l'un, les bonheurs de l'autre, les petites joies, les grandes satisfactions tout s'honorait d'une poignée de mains ou d'une claque sur l'épaule. Bruno ne savait pas trop comment s'y prendre, mais il voulait parler à Max : son ami souffrait trop pour continuer comme ça, et puis, il bandait pour Helga depuis des années, alors maintenant qu'ils avaient un gosse, à quoi ça rimait de se séparer ?

Bruno souffla bruyamment en se frottant la tête.

— Vieux ? Tu m'entends ?

Il se préparait à lui dire la petite voix épuisée d'Helga lorsque timidement elle l'appelait pour avoir des nouvelles de Max et aussi qu'il l'avait vue parfois guetter le passage de son homme, sans se montrer. Bruno l'ami discret, ne savait comment dire. Il ne voulait pas se mêler des affaires de son pote, mais…

Il cherchait ses mots, en regardant ailleurs. Sentant une

immobilité anormale, il leva les yeux sur son ami et se figea : Max n'était pas Max et Bruno n'était pas préparé à… cette absence ! C'était comme si Max s'était vidé de toute énergie, de toute substance, de toute vie. La grande carcasse de Bruno avait frissonné, il avait porté son verre à sa bouche, dégluti une gorgée de bière amère, puis s'était levé,

— Tout va bien vieux ! T'as l'air crevé ! Dors un peu, je reviendrai te voir ; salut vieux !

Et il venait tous les soirs faire un flipper, taper un poker, mater un film, fumer un joint, être là. Jamais plus il ne tenta de parler d'Helga.

Max était ailleurs, si absent à lui-même que la vie ne le concernait plus. Les gestes frénétiques des premiers jours, s'étaient transformés en rigidité. Personne n'avait fait attention aux sandwiches qui restaient intacts, aux packs de bières qui disparaissaient trop vite, à la maigreur qui diluait le corps de l'invité muet. Max avait cessé de s'alimenter, se contentant de décapsuler les bières. Ses fringues n'avaient pas été changées depuis son arrivée chez Jean Jean.

— Mec, sers-toi dans mon armoire. Putain et te balade pas à poil, c'est dégueu ! Qui a besoin de voir ta bite ? Les premiers jours, Max s'exilait sous la douche de longs, très longs moments. Les mains collées au mur, l'eau ouverte à fond, il la laissait fouetter son corps. Il la choisissait glacée et grelottait dans l'appart au chauffage capricieux. Au début, il se drapait d'une serviette et retournait sur le canapé fumer un joint. Un jour, il cessa de prendre la peine de se couvrir. Aucune raison à cela, il cessa, c'est tout ! Fesses nues, sexe ballottant, il s'installait au milieu des potes qui, le premier soir, avaient bien ri.

— Et mec, on le sait depuis longtemps que t'es bien gaulé !

— T'as perdu au strip pocker ?

— Tu veux emballer la voisine ?

Le lendemain, ils ont juste ricané, le troisième soir ils

ont râlé

— Putain mec, y en a marre maintenant de voir ta queue ! Puis, il ne resta plus que Jean Jean pour le houspiller.

En quelques jours, la douche fut oubliée aussi. Max cessa de se laver. Habillé jour et nuit, des mêmes fringues raidies, il dormait sur le canapé, parfois restait à l'atelier où il se couchait à même le sol.

— Mec, tu chlingues là ! gémissait Jean Jean,

— Désape-toi et va te laver, merde ! Jean Jean n'était pas le roi de l'hygiène. La vaisselle pouvait s'empiler des jours durant sur l'évier ébréché. Tous les soirs, cadavres de bouteilles, restes de pizza dans leur boîte et mégots dégueulaient de la table basse autour de laquelle les potes se réunissaient. C'était d'ailleurs souvent Bruno ou Taz qui le lendemain nettoyaient tout, avant de commencer la soirée suivante. La mère de Jean Jean passait aussi régulièrement. On savait qu'elle était venue quand la pièce avait été aérée et que la cuvette des chiottes rutilait !

Jean Jean vivait volontiers dans la crasse, mais là, c'en était trop ! Il pestait devant Bruno :

— Je ne sais plus quoi faire, con ! Au début c'était cool, mais putain, il fait quoi là ? Il fait trop flipper ! Regarde-le, con, c'est un vrai zombi. Pas envie qu'il crève ici, moi !

Bruno voyait bien tout ça. Il était impuissant. Il avait proposé à Max de déménager chez lui, il n'avait eu aucune réponse. Il lui avait ramené quelques fringues données par Helga. Elles étaient restées dans un coin. Parfois, il lui tapait sur l'épaule :

— Ho frère, viens on va faire un tour. La plupart du temps Max ébauchait un rictus, et restait collé au canap. Parfois, pourtant, sans que l'on sache pourquoi, il se levait docilement et suivait son ami. Alors, ils déambulaient, souvent perdus dans leurs pensées. De temps en temps, toute la bande les accompagnait, sifflotant, ricanant, lançant des blagues, se retournant sur les filles, faisant des paris idiots.

12

Ce jour-là, avait-il seulement fait un geste, un hochement de tête pour accepter le défi stupide de la bande à Taz ? Max était-il volontaire pour ces casses dont il était aujourd'hui accusé ? Savait-il ce qu'il faisait lorsqu'il s'était mis à courir en entendant la sirène ?

L'avocat retenait à grand peine son irritation. Ce grand mec maigre, à l'expression fiévreuse, ne l'aidait pas beaucoup. Il avait été appelé quelques heures plus tôt pour s'occuper de ce délit sans grande importance. S'agissait-il même d'un délit ? Tout portait à croire au canular, à la farce de jeunes cons un soir de beuverie. Mais, mauvais moment, esprits échauffés… Deux jeunes encore en cellule de dégrisement… celui-ci en garde à vue… et début d'une enquête. Après tout, il y a une plainte. Le jeune homme n'avait passé aucun appel. De lui, pas grand-chose à dire vingt-cinq ans, cadre moyen d'une entreprise qui l'apprécie… A quitté, il y a quelques jours, le domicile qu'il partageait avec sa compagne et leur fille de dix-huit mois… Aucun antécédent, pas de casier judiciaire… Connu certes des forces de police et des gendarmes, mais uniquement pour ses prouesses au rugby… Bref ! On était loin de la UNE des journaux… L'incarcération provisoire qui se préparait était inconcevable. La grogne des résidents, la colère du maire ne suffisaient pas à prendre une telle décision. L'avocat savait bien que tout cela s'effondrerait très vite. Une correctionnelle pour qui ? Un gars qui court dans une rue au petit matin ? Mais, qu'est-ce qu'il leur prend là-haut ?

L'avocat s'irritait en regardant sa montre. En fait, il faut rapidement sortir cette tête de lard de derrière les barreaux : elle n'a rien à y faire !

— Maximilien, si tu ne dis rien, ça va être compliqué… Raconte-moi… que s'est-il passé ? Comment tu t'es retrouvé dans ce traquenard ?

Les yeux bruns restaient fixes, Max n'avait rien entendu. Pas un mouvement. Pas une expression. L'avocat le regarda pensivement. Barbe noire, drue, regard fiévreux, vêtements crasseux, le jeune homme semblait en catalepsie. Son état était même fort inquiétant. Ce gosse avait perdu la boule, c'était évident. L'avocat se dit qu'il devait le confier au médecin du centre.

Il tenta à nouveau d'atteindre son client. Il savait bien que ce dernier ne l'avait pas contacté lui-même, il en était incapable. Il devait tout de même le sortir de ce mauvais pas.

— Maximilien, écoute-moi ! Nous sommes dans une situation absurde. Tu payes les pots cassés de la série de cambriolages qui ont eu lieu ces derniers temps ; tous dans le même quartier, les gens en ont assez. La pression est forte. Tu sais au moins chez qui vous avez pénétré ? Le maire, rien que ça !

Il avait spontanément adopté le tutoiement… Il lui était impossible de donner du « vous » à ce gamin moitié dingue.

— Sa femme et ses gosses étaient morts de peur. Te rends-tu compte que vous avez commis un vrai délit ?

Max ne bougeait toujours pas. Ses mains étaient posées sur la table sans un frémissement. L'avocat se leva et se mit à marcher nerveusement. La patience n'était pas son point fort, et cette affaire n'avait rien d'intéressant. Il se rassit, tapota du bout de son stylo la page sur laquelle il n'avait rien écrit. Une autre bouffée d'irritation le traversa et il eut envie de secouer cet abruti. Puis, dans un soupir, il se reprit et regarda attentivement ce client imposé. Toujours aucun signe que ce gars captait la moindre chose du monde qui l'entourait : un légume ! Encore un soupir, et il prit la décision qui selon lui s'imposait : il allait demander une consultation psy ; ce type avait besoin de soins, sa place n'était pas ici.

— Bon Maximilien, j'ai le sentiment que tu as un vrai problème. Ne t'inquiète pas, on va te faire sortir d'ici, la garde à vue s'achève. A mon avis, le maire veut juste vous donner une leçon, le temps que tes amis sortent de leur état d'inconscience. Je repasserai te voir dans quelques heures.

L'avocat fit signe au garde impassible. Maximilien se laissa prendre par le bras, et se leva comme un automate, les yeux sans regard, la bouche entrouverte, la démarche raide. L'avocat était certain que le jeune homme ne l'avait ni vu, ni entendu. Il s'interrogea sur l'expression d'épouvante dessinée sur les traits visiblement épuisés de celui qui n'avait rien d'un délinquant.

Il coucha quelques notes rapides sur son cahier, et s'apprêta à consigner une demande d'aide médicale.

13

Quelque chose avait changé, l'atmosphère n'était plus la même. Helga se desséchait, la petite flamme qui était venue animer son regard depuis la conception de Zoé, avait presque disparu. Elle semblait s'éteindre dès que l'enfant n'était plus là. C'était bien ça : Helga se desséchait ! C'était comme si elle n'était plus irriguée, comme si elle était devenue incomplète. Helga ne se nourrissait plus guère, dormait à peine et pleurait dès qu'elle était seule. Elle avait perdu pied ; ce n'était plus une simple dispute. Toutes les émotions refoulées des dernières semaines remontaient à la surface avec une criante cruauté. Elle avait su si vite le dérapage, qu'elle aurait pu le contrôler si elle en avait eu la volonté. Mais non ! Helga avait choisi de noyer son regard dans sa richesse de mère et de repousser à demain tout ce qui n'était pas Zo. Elle avait vu Max s'assombrir, souffrir, se démener pour s'imposer dans ce monde qui ne lui appartenait pas, mais elle ne lui avait pas tendu la main, à aucun moment ! Sa présence l'irritait même parfois. Sa présence avait fini par l'effrayer aussi. Elle soufflait sans bruit, Helga aux yeux bleu-mère !

C'est vrai, elle avait vu tout ça. C'est vrai, elle avait détourné la tête. C'est vrai aussi qu'elle le trouvait crétin, et pour tout dire de moins en moins désirable… Même si parfois…

Ils venaient d'avoir un bébé ! Qu'est-ce qui le défrisait ? Zo n'avait pas même deux ans, alors les états d'âme de Monsieur, il faut bien le dire : ça l'agaçait ! Un truc ne tournait pas rond dans sa tête pour s'exciter comme ça !

Elle avait essayé de discuter, pour comprendre, pour expliquer aussi, où elle en était, elle.

— Maxou, sois patient s'il te plait. Zoé a besoin de nous deux. Ce n'est qu'une histoire de temps, tu sais. On va se caler tous les trois et bientôt on aura du temps pour nous deux aussi. Qu'est-ce que tu as ? Tu parles de moins en moins, et toi et moi on ne rit plus. Et puis tu ne penses pas que tu commences à boire trop là ?

Elle était mal à l'aise et s'était sentie maladroite. Il s'était fermé, ne la regardant pas et répondant par des grognements. Soudain, elle l'avait détesté. Cet homme là méritait-il tant d'attention ?

— Tu gaves là ! Explique au moins ce qui te tord les boyaux. Crache !

Aujourd'hui, elle se souvenait de sa colère, de ce soupçon de mépris aussi et – rien que d'y penser, elle en brûlait douloureusement – de cette pointe de jubilation, qui sortait d'on ne sait où, qui n'avait rien à faire là et qui faisait d'elle une pourriture. Que Max avait-il senti de tout ça ? Quelles ondes s'étaient-ils transmises mutuellement ? Mais surtout, pourquoi éprouvait-elle cette envie de détruire ? Cela ne lui appartenait pas, elle en était certaine. Son Maxou, elle l'aimait, oui, profondément. Aucun doute. Alors c'était quoi cette mayonnaise nauséabonde dans ses entrailles ?

Max avait quitté la pièce sans un mot, sans un regard. Sérieux ? C'était quoi son putain de problème ? Helga était hors d'elle. Elle espéra qu'il ne rentrerait pas manger. Lorsqu'il était là, l'atmosphère devenait irrespirable.

Helga pensa s'ouvrir à la mère du jeune homme. Estelle

aurait peut-être une explication, ou des pistes, des souvenirs d'enfance, de famille, quelque chose, quoi, qui permettrait de comprendre. Elle n'en n'eut pas le courage. Comment aborder cela ? « Estelle, ton fils est dingue. Sais-tu pourquoi ? Après tout c'est toi qui l'as fait comme ça non ? » Impossible !

Les colères du début, les manifestations de mauvaise humeur, les bouderies quotidiennes s'étaient progressivement transformées en quelque chose de plus violent et inaccessible. Max avait cessé de se nourrir, ne rentrait quasiment plus, et s'il le faisait, c'était complètement ivre. Désormais, c'était son enfance à elle qui refaisait surface et l'angoisse qu'elle en éprouvait était insupportable. Comment son Max, qui connaissait si bien son histoire, comment son amant si doux et aimant, comment le père de son enfant, comment pouvait-il lui faire ça ?

14

La sonnette avait peut-être un drôle de son ce jour-là, en tout cas Helga n'eut pas envie d'ouvrir, c'était trop tôt. Elle était encore en pyjama et Zoé commençait à s'impatienter. Mais la sonnette insistait ! Helga ouvrit. D'abord, elle ne ressentit rien, elle regardait simplement les deux hommes en uniforme qui la dévisageaient gravement. Puis lentement la peur s'insinua, jusqu'à faire trembler ses jambes, ses mains, ses lèvres : Max ! Que lui est-il arrivé ?

— Mme Gallias ? Oui, pensa-t-elle en hochant la tête d'un signe d'assentiment

— Vous êtes bien la compagne de M. Rioux Maximilien ? Nouveau oui pensé, nouvel hochement de tête.

— Pourriez-vous nous suivre au poste ?

— Non, j'ai un bébé. La voix était quasi inaudible

— Vous pouvez l'amener avec vous, ce ne sera pas long, le commissaire souhaite vous rencontrer.

— Que… que se passe-t-il ?

— Eh bien, votre compagnon a été arrêté la nuit dernière.

Les lèvres d'Helga s'entrouvrirent d'incrédulité, elle en aurait presque ri : Max arrêté ! Il devait en faire une drôle de tête au poste ! Les uniformes, eux ne riaient pas ! Ils restaient debout raides et graves.

Helga monta dans la chambre de Zoé et à nouveau éclatante de maternité, oublia tout, le temps de préparer sa fille en gazouillant avec elle.

Marie-Jo, qu'Helga avait appelée quelques instants plus tôt, était déjà devant le poste de police. Elle prit Zoé dans les bras et le regard interrogateur en disant seulement : « On t'attend à la maison ! »

Marie-Jo avait peur, elle regardait sans sourire, et peut-être sans la voir, Zoé qui babillait dans sa poussette. Son visage était contracté et flétri de fatigue. Elle non plus, ne dormait plus très bien. Elle se réveillait souvent, et les yeux grands ouverts dans la nuit se repassaient les images de Max se levant de table, le regard meurtrier. Des tas d'autres images défilèrent comme pour un film en review : Zo tendant les bras à sa mère ; Helga, sourire de madone posé sur Zoé, Helga aux yeux bleu-espoir, caressant son ventre rond ; Max ébouriffé les matins travail quand ils habitaient chez elle ; les deux enfants se découvrant, se chamaillant, se réconciliant devant la télé tête contre tête… Plus loin encore, Helga petite fille sérieuse, sage, absente… Helga bébé, cessant de pleurer après de longs mois de cris, ses yeux bleu-terreur imprimant l'image d'un père démoniaque, hurlant, bavant, gesticulant, le grand couteau à pain qu'il tenait dans la main, s'approchant dangereusement du visage de Marie-Jo :

— Je vais te buter salope ! Tu vas crever comme une chienne ! Ha t'en veux des caresses ? Tu vas en avoir !

Des vociférations empâtées qui traversaient la porte de la

salle de bains dans laquelle Marie – Jo avait fini par se réfugier. Les garçons n'étaient pas à la maison, mais Helga était étrangement silencieuse… Que se passait-il ? Marie Jo cherchait désespérément une solution, ses yeux scrutaient la petite fenêtre, les murs, le bidet cassé, le linge sale posé en tas sur le sol, mais rien ne lui répondait ! Son rimmel avait coulé et piquait ses yeux déjà gonflés de larmes. Sa lèvre lui faisait mal, il l'avait giflée avec tant de force, qu'elle avait même entendu ses vertèbres craquer. C'est à ce moment-là, elle s'en souvenait, à ce moment très précis, qu'Helga avait cessé de pleurer. « Helga » avait-elle soufflé, en se jetant dans la salle de bains avant que tout devienne noir, noir et silencieux…

Helga, n'avait cessé de l'inquiéter, d'abord par ses pleurs, nuit et jour. Les cris ne s'apaisaient que lorsque Marie-Jo la prenait dans ses bras et lui parlait en la caressant. Mais trop de travail, trop de fatigue, trop de disputes, Marie-Jo vivait dans l'urgence et les tendresses à Helga n'entraient pas dans cette catégorie. Alors Helga pleurait. Marie-Jo l'avait amenée chez le docteur, elle voulait que les pleurs s'arrêtent, elle voulait dormir. « Qu'est-ce qu'elle a docteur ? Donnez-lui quelque chose, je vous en prie… »

Mais le docteur ne trouvait rien de grave. « Cette mignonne est en parfaite santé ! Ne vous inquiétez pas, ça va passer !... En attendant, couchez-la sur le ventre » Mais qu'on la couche sur le ventre, sur le dos ou sur un flanc, Helga hurlait toujours. Parfois la mamie prenait la relève et c'était un immense soulagement que ce calme qui régnait quelques heures, mais ces moments étaient rares, car Marie-Jo savait qu'elle seule pouvait calmer les sanglots effrayants de sa fille.

Puis, il y a eu « Çà », et le silence d'Helga a remplacé les cris, ses yeux lavande se sont délavés, elle s'est mise à attendre dans un monde grisâtre, qu'elle observait sans jamais s'y mêler que par nécessité.

Helga était une énigme pour Marie-Jo. Elle l'aimait viscéralement, mais elle en avait peur aussi. Elle était si étrange, si peu de ce monde… Marie-Jo se sentait trop impuissante, trop timide, trop petite. Marie-Jo perdait tous ses moyens devant cette enfant qui avait soudain cessé de crier et de réclamer de la tendresse… Alors, gauchement, elle s'échinait à lui faciliter la vie au quotidien, par des tas d'attentions. Lorsque, tout juste adolescente, Helga avait décidé de passer toutes ses nuits avec Max, elle n'avait pas pu dire non. Pourquoi l'aurait-elle fait ? Enfin une petite lumière brillait dans le regard d'Helga aux yeux bleu-éveil. Trop jeune ? Peut-être ! Qui peut le dire ? On ne se posait jamais ce genre de question devant la détermination d'Helga, car depuis qu'elle avait cessé de crier, Helga prenait ce qu'elle voulait de la vie ! Elle prenait peu, mais nul ne pouvait l'en empêcher.

Zoé regardait sa grand-mère, en tortillant ses lèvres comme pour l'inciter à partager un sourire. Soudain, elle se figea, la tête penchée sur le côté, regard bien posé sur Marie-Jo et lui tira la langue. Marie-Jo éclata de rire ; cet enfant était un pitre ! Pourtant la gravité de son regard bleu-horizon exprimait déjà toute la responsabilité qu'elle prenait dans ce choix du faire-rire. Chacun succombait avec soulagement à tout ce que Zoé décidait de donner ; sa présence offrait une légèreté que Marie-Jo découvrait avec émerveillement. Seul Max pris en otage de la maternité éclatante et absolue d'Helga, n'avait pu s'en pénétrer encore totalement.

15

Helga tournait le dos à la porte du commissariat, visage crispé, muscles contractés, hébétée.

Cet homme maigre, aux yeux noircis par l'enfer, n'était pas son Max. Cette créature blafarde, au regard béant, qui n'avait même pas tressailli quand, en sanglots, elle s'est jetée sur lui, n'était pas un homme. Ce n'était qu'un truc, une chose, pas un homme et encore moins son Max ! Elle n'avait rien reconnu, ni la tendresse de sa peau, ni l'odeur chaude qu'elle aimait tant, ni les plis coquins que faisaient ses paupières, lorsqu'il lui souriait avec amour.

— Où est Max ? avait-elle soufflé en s'approchant de lui lentement, le dos vouté.

Le commissaire avait tourné vers elle un regard intrigué
— Pardon, Helga ?

Elle se rua sur la statue silencieuse et, en hoquetant, tambourina sur sa poitrine,
— Où est Max ? Où est-il ? hurlait-elle. Dis-le-moi !

Deux policiers se précipitèrent sur elle et avec une douceur inattendue, l'assirent sur une chaise. Helga ne se débattit pas, elle cherchait sa respiration au milieu de ses larmes, yeux exorbités, dos arrondi, bras ballants. Elle était loin la Tortue ! Sa carapace protectrice s'était perdue aux confins du désespoir de Max. Un des policiers quitta la pièce et revint avec un verre d'eau. Elle l'avala dans un grand bruit de gorge. Les trois hommes présents semblaient gênés, presque tristes. Si Helga avait pu voir la scène, elle aurait souri de ces grands gorilles, empêtrés dans leurs uniformes. Elle les connaissait tous, certains de vue seulement, d'autres, plus précisément de par leur présence systématique aux troisièmes mi-temps. Elle les avait vus se battre, rire, danser les fesses à l'air parfois, raconter des blagues lourdes, chanter des cantiques mâtinés de vulgarités... Le commissaire faisait partie de ceux-là. Aujourd'hui, il ne savait que faire de sa grande carcasse. Il se frottait le menton, en attendant qu'Helga se calme. Max n'avait pas bougé un cil !

— Helga ? appela-t-il. Helga, il faut qu'on parle sérieusement !

Helga était maintenant prostrée, elle cherchait Max au-dedans d'elle. Comme pour en retrouver le goût, elle étreignait son ventre avec violence ; c'est là qu'il était le vrai Max : au fond de son ventre, il ne l'avait jamais quitté.

Peu à peu, Helga reprit vie ; elle cessa lentement de hoqueter, respira de plus en plus calmement et enfin leva ses beaux yeux bleu-orage vers Max. Elle crut voir une larme percer sous les cils bruns de l'homme saccagé. Une goutte scintillante…. Elle aurait voulu en approcher ses lèvres et la faire rouler sous sa langue pour se rappeler le sel de la peau de Max. Cette petite goutte d'eau était un signe de vie auquel Helga s'accrocha de toutes ses forces. Oui, Max était encore là, en miettes, en enfer, mais là !

— Je n'ai aucune idée de ce qu'il s'est passé. Nous nous sommes disputés, il y a une dizaine de jours, et Max est parti provisoirement s'installer chez Jean Duquesne. Depuis nous n'avons pas de contact.

Et parfois, elle allait l'épier derrière la vitre du bar, mais ça, elle ne le dirait à personne. Elle avait besoin de l'apercevoir, vivant pas si loin. Elle avait l'impression alors de sentir sa chaleur, et elle se sentait un peu mieux, ses nuits étaient moins difficiles. Elle appelait Bruno, cherchait dans la voix de l'ami, un peu de leur couple. Il lui parlait, gêné et elle refusait d'entendre ce qui se cachait derrière les mots pudiques. Ces conversations courtes, pleines d'hésitation et de longs silences lui faisaient du bien et la déchiquetaient tout à la fois.

— Helga, le juge a commis un avocat d'office. Ça te convient ou tu veux faire appel à quelqu'un d'autre ? On ne sait pas trop ce qu'il s'est passé, mais il semble que Max ait été le veilleur au cours d'une tentative de cambriolage du côté de la Vierge. Personne n'y croit trop, mais il était avec deux amis qui ont pénétré dans la propriété du maire.

— Quand même, s'énerva-t-il, il faut être con pour pénétrer chez le Maire, surtout en ce moment ! Il se tut un moment, et fixa le stylo avec lequel il jouait.

— Un mandat de dépôt a été signé, tellement ils ont la rogne là-haut. Il va falloir le transférer. C'est la merde ! Le flic était vraiment abattu. Il n'avait pas imaginé que ça puisse aller plus loin qu'une engueulade au poste.

— Pour le moment, ses amis sont encore en cellule de dégrisement. Ils n'ont pas complètement repris conscience. Ces petits cons sont dans un sale état !

— On attend leur déposition, mais à part le fait qu'ils ont pénétré dans une propriété privée et que le maire est furieux, on n'a pas grand-chose.

— A dire vrai, pour ton Max, c'est surtout son état qui est inquiétant et Maître Delvaux demande une consultation psy !

Un silence…

— Bon sang, Helga, que s'est-il passé ? Comment a-t-il fait pour en arriver là ?

Helga savait qu'il ne parlait pas seulement de l'arrestation. Elle se répétait mentalement la question. Comment a-t-il fait pour en arriver là ? Et son désespoir interrogeait le creux de ses tripes : comment ai-je fait ? Comment ai-je fait pour qu'il en arrive là ? Comment s'y est-on pris pour le vider de lui ? Pour le vider de nous ? Pour le vider de vie ? Comment ? Comment ? Comment ? Elle serrait les poings avec une telle force que ses ongles pénétrèrent la chair. Elle ne sentait rien de tout cela. Elle ne sentait que la glace qui s'insinuait en elle.

Helga avait froid, ses lèvres étaient bleues et son corps frêle tremblait. Ses yeux avaient terriblement foncé et avait pris la couleur des cernes violacés qui s'étaient immiscés sur la peau fatiguée. Elle ferma les paupières, épuisée, et retenait en elle la force de rester connectée à Max, le vrai Max. Elle s'agrippait de toute son énergie à l'image de cette unique larme scintillant au coin de la paupière, comme une source de vie dont il fallait qu'elle s'abreuve. Cette larme était une offrande, un espoir de retour. Elle remercia Max de ce témoignage d'amour. Elle comprenait peu à peu qu'il lui donnait ainsi le moyen de le rejoindre, dans ce monde d'ailleurs où il avait glissé. Elle sentit des fourmillements s'emparer de ses pieds et parcourir son corps jusqu'au sommet de sa tête, et au-delà encore… C'était presque sensuel, une caresse, un frisson ! Le froid avait disparu, et c'est une chaleur encore pâle certes, qui rendit à son regard, la force bleu lavande dont ils avaient besoin tous les deux.

Le commissaire parlait avec compassion, malaise et gentillesse. Ses bajoues ballottaient au rythme des « P » et des « T » et des « B ». Helga n'écoutait pas. Ce n'était pas la justice qui sauverait Max, qui les sauverait. La prison était autre ! Ils s'étaient limités aux frontières d'eux-mêmes, mais qui étaient-ils l'un sans l'autre ? Étaient-ils seulement ? Elle découvrait avec étonnement que OUI, ils pouvaient être, mais elle le refusait ! Elle avait choisi : elle voulait être elle avec Max. Sans lui, elle était autre et elle ne voulait pas connaître cette autre ! C'était ainsi ! Ses épaules tremblèrent à nouveau, juste à l'endroit où les bras de Max ne s'étaient pas refermés. Non ! Elle ne voulait pas vivre ailleurs que dans les bras de Max ! C'était le seul endroit où l'enfance de Zoé se sentirait protégée !

— Max n'a pas besoin d'un psychiatre, il a juste besoin de revenir chez lui, avec nous…

Elle hésitait pourtant. En était-elle sûre ? Le film de ces derniers mois repassait en boucle quelques images saisissantes de cette chute vertigineuse. Elle n'avait pas vu venir le final, mais elle pressentait qu'une chose tapie au fond de son âme, s'emparait victorieuse de toute l'humanité de Max. Ce qui les avait amenés là, ne pouvait pas s'expliquer seulement par une crise d'amour, des rancunes, des corps qui ne se trouvaient plus depuis tous ces mois… Non, il y avait autre chose… de l'insidieux, du profond, du très profond… Un quelque chose qui les dépassait l'un comme l'autre… Un quelque chose que la psychiatrie ne pourrait déceler… Helga, voulait arracher cette tumeur de l'âme de Max, le guérir de ce mal venu d'ailleurs… Elle devait trouver un accès, elle le devait absolument !

16

Max était assis sur le lit depuis des heures, sans bouger. Sa cellule était plongée dans l'obscurité. La vie s'était peu à peu éteinte dans les locaux à l'odeur fauve. Max l'ignorait. Son regard était profondément enfoui dans un monde qui l'emprisonnait. Bouche entrouverte, corps inerte, terriblement amaigri, fiévreux, il ignorait où il était, il ignorait même qui il était. Rien de cela ne l'intéressait. Seuls lui importaient les martèlements sourds d'une course-poursuite qui heurtaient inlassablement sa mémoire. Il écoutait, hypnotisé, tous ces talons qui s'élançaient rudement, derrière d'autres talons.

Sa tête était peuplée d'ombres sans visage, qui passaient à toute allure ; les cris qu'elles poussaient étaient aussi ténus que des chuchotements, mais c'était indéniablement des cris, violents, agressifs, déterminés. Il fallait courir, c'était une question de vie ou de mort…. Il fallait courir ! Max voulait vivre, Max voulait se sauver, il le voulait de toutes ses forces ! Les ombres dans sa tête couraient de plus en plus vite, les chuchotements s'intensifiaient et se multipliaient !

Quelque chose pourtant avait jailli et retardé un peu les ombres. Ce quelque chose était encore présent comme un écho qui se renvoyait à lui-même un filet de lumière protecteur. Le Son familier et rassurant avait percé un passage dans l'obscurité étouffante du monde des ombres et des chuchotements.

— Où est Max ? vibrait la voix

— Dis-le-moi !

Max n'était plus seul dans sa tête, Le Son l'avait rejoint pour l'aider à atteindre le refuge. Maintenant, ils étaient deux à courir ! Sa foulée lui semblait plus légère et l'air emplissait à nouveau ses poumons. L'espoir était venu avec Le Son.

17

Le gardien jeta un coup d'œil à travers la lucarne. On lui avait donné l'ordre d'être très vigilant avec ce drôle de zèbre. La recommandation n'était pas nécessaire, il était évident que ce jeune avait un problème, et Charles Lebreton l'avait pris en pitié ! Charles Lebreton avait la particularité de s'intéresser à tous les hommes qu'il devait surveiller. Derrière leur carapace, derrière leurs délits, même les plus graves, il voyait toute la souffrance, tous les coups durs qui les avaient amenés là. Certes, il y avait quelques exceptions, des crapules insignifiantes sur lesquelles il avait parfois envie de cracher, (sur lesquelles parfois il crachait !), mais la plupart de ces hommes étaient dignes de son intérêt ! Charles avait mis tout son amour de l'humanité au service de ces rebuts, son humour, aussi, et parce qu'il savait rire de tout, il amusait même le plus déprimé et le plus réfractaire d'entre eux ! C'était une grande qualité par ici, de même que le sens de l'écoute dont il faisait preuve ! Jusqu'aux plus tordus de ces lascars attendaient son tour de garde pour discuter avec lui. C'est qu'en plus il n'était pas avare, le Charles, il donnait volontiers une cigarette, un chewing-gum. Gourmand, il avait toujours une sucrerie au fond de ses poches, qu'il partageait avec l'un ou l'autre des prévenus, tout en donnant quelques conseils pour l'obtention d'un avantage, ou d'un travail. Son aide était aussi précieuse pour écrire des lettres officielles. Il donnait vraiment de son temps, et ça se savait.

Charles Lebreton était très attentif aux nouveaux arrivants, en particulier les plus jeunes. Dans ce monde difficile, les gars craquaient facilement. Il fallait jongler entre rigueur et permissivité, et Charles Lebreton n'était pas à cheval sur le règlement ; si l'entorse permettait plus de sérénité : il n'hésitait pas ! Le Charly, comme on disait à l'intérieur des murs (et au-dehors également), était apprécié de ceux qui avaient perdu la liberté pour un temps plus ou moins long. Ses collègues, eux, étaient plus méfiants. Son zèle inquiétait les désabusés, ceux qui évitaient les embrouilles en détournant le regard au moment opportun, et qui parfois se rangeaient du côté du plus fort, sous prétexte que ça maintenait un climat de « paix ». Certes, ceux-là aussi parlaient aux détenus, on n'est pas des chiens tout de même ! Mais, ils ne dédaignaient pas une petite punition par ci, une humiliation par là. Ça n'allait pas bien loin, juste de quoi se moquer un peu et se venger peut-être des insultes et des peurs éprouvées malgré soi. Ils l'avaient surnommé « la nonne ». Mais ça, c'est pour quand ils étaient bourrés, la plupart du temps, ils l'aimaient bien, et eux aussi succombaient à son humour et à sa gentillesse ! Surtout – qu'attention ! – bienveillant et rigolo, d'accord, mais pas une gonzesse !

Il savait être dur, cogner si nécessaire ; jamais il n'avait pensé qu'un gnon dans la gueule pouvait causer des dégâts à l'âme, bien au contraire ! Alors, s'il fallait jouer du poing, il le faisait sans se poser de questions existentielles !

Charly connaissait bien ces gaillards qu'on confiait à sa surveillance, et il savait que ce petit n'avait rien à voir avec eux. Il étudia la posture rigide, le rictus du visage, les tressaillements du corps. Ce jeune vivait un truc pas banal.

Drogue ? Folie ? Pourrait-il revenir dans son monde un jour ? Malgré toute l'empathie dont il était capable, il n'arrivait pas à percer le mystère, à passer les murs érigés par le jeune homme. Charles Lebreton secoua sa moustache grisonnante. Il fallait sortir ce jeune d'ici, sinon il allait crever des choses qui vivaient dans sa tête !

— Max ? Hoho, Max ? Max ne cilla pas. Charles secoua à nouveau la tête, et s'éloigna d'un pas lourd de la cellule. Des fumées de cigarettes s'échappaient çà et là des lucarnes. L'odeur ne le dérangeait pas, elle faisait partie de ce lieu, comme les grilles, comme le gris des peintures. Il y était habitué ! Il était presque arrivé au bout du premier couloir, lorsqu'un cri terrifiant retentit derrière son dos, et fit dresser tout son système pileux !

Charles Lebreton ne prit pas le temps de réfléchir, ni presque de respirer, il fit demi-tour et sa course fit oublier le sur-poids qu'il déplaçait. Il ne pensait à rien, ne ressentait ni inquiétude, ni effroi. Tout ce qu'il était, toutes ses émotions, ses souvenirs, ses espoirs, tout s'était rassemblé au centre de lui pour participer à cette course essentielle et sans objet : La Course !

Les cellules s'étaient réveillées brutalement de leur premier sommeil et elles manifestaient leur mécontentement ; des cris se questionnaient, s'interpellaient ; on entendait l'excitation provoquée par l'entaille faite à la routine de la tôle, se mêler à la frustration de ne pouvoir se précipiter vers le hurlement alléchant.

— Doumé ? Ho Doumé ? T'as entendu ? C'est quoi ?

— Polo l'épicier ? T'a pas supporté ? Fallait utiliser du savon : ça glisse mieux…

— Ta gueule connard !

— Putain, c'est le dingue, je crois…

— Ils l'ont shooté ? Ils l'ont shooté ? Dis, ils l'ont shooté ?…

Tout le monde y allait de son appel, de sa plaisanterie.

Chacun chassait ainsi sa peur de la nuit, de l'autre, de la vie, de la non-vie. Demain, on pourrait en parler, questionner les matons, faire des dizaines de suppositions, qui permettraient de trouver plus mal loti que soi !

— Charly… Charly, putain c'est quoi ? Mais Charles le maton n'entendait pas les appels. Il n'avait eu le temps de prévenir personne, et ne savait donc pas pourquoi les lumières s'étaient allumées, ni comment son collègue avait compris qu'il devait courir vers lui. Ils arrivèrent presque ensemble à la cellule de Max. Par la lucarne, ils virent son corps replié. Charly ouvrit nerveusement la porte d'acier, et les deux paires d'yeux se posèrent sur la flaque rouge sombre qui s'étalait près du ventre caché. Charles Lebreton emprisonna une épaule de sa large main, pour retourner le corps, presque brutalement.

Les mains de Max serraient encore l'objet qu'elles avaient enfoncé sous les côtes saillantes. Sans ménagement, le maton desserra la première main et ils n'eurent aucun mal à reconnaître une fourchette, dont le manche en acier s'était un peu recourbé sous la violence du coup. Livide, les yeux révulsés, Max n'était pas mort pour autant. Une respiration sifflante s'évadait de sa bouche grimaçante. Se rappelant les consignes de premiers secours, les deux gardiens cessèrent de toucher Max. Le collègue de Charles actionna son talkie-walkie et appela l'infirmerie.

Les ombres avaient quitté la tête de Max. Il avait fait ce qu'il fallait pour ça ! Ça faisait des jours qu'elles le torturaient, qu'elles faisaient claquer leurs bottes derrière lui. Max n'entendait plus qu'elles. Il avait beau courir, elles se rapprochaient toujours plus dangereusement. Il avait parfois l'impression qu'il ne pourrait jamais leur échapper. Puis le son était entré, si doux, si réconfortant. Il y eut comme une grâce ; un court moment Max ressentit une véritable paix ; c'était là sans doute, qu'il avait voulu pleurer de gratitude et d'amour. Puis les ombres avaient recommencé leur vacarme et leur chasse, et Max s'était remis à courir. Pendant un temps, le son l'avait accompagné, il avait eu moins peur alors. Puis, la solitude à nouveau, la terrible solitude au milieu des ombres. Et cette puanteur ! L'odeur de la haine et de la trahison. Après le son c'était devenu intolérable, alors il avait cessé d'être Max, pour devenir enfin totalement, cet inconnu qui fuyait l'innommable.

Maximilien courait dans la nuit opaque. Les chiens étaient sur ses talons, ils allaient le rattraper. S'il faiblissait, il serait aspiré par le néant. La menace le cernait. Il la sentait partout ; elle le frôlait, chuchotait à son oreille, meurtrissant ses tympans, puis s'éloignait dans un rire, tourbillonnante et caressante. Des bottes claquaient sur le sol. Elles étaient tellement nombreuses, comment pourrait-il s'en sortir ? Les arbres aux troncs torturés, aux feuillages touffus cachaient l'éclat du ciel. Peut-être même n'y avait-il plus de ciel ? Peut-être avait-il été avalé par la menace ? Peut-être était-il complice de ses bourreaux invisibles ?

La course éperdue s'étirait dans la moiteur. Plus d'air, plus de ciel, plus de lumière, juste l'immonde créature qui le frôlait et repartait en dansant au milieu des claquements martiaux. L'air se raréfiait, la proie s'épuisait. La bâtisse jaillit, aussi obscure que cette nuit sans fin, sa masse informe invitant à l'approcher. Tout autour, des piques à la flèche fièrement dressée, scintillaient comme le désespoir absolu. Maximilien sut ce qu'il devait faire.

Helga était passée voir les parents de Max. Ils attendaient des nouvelles. Depuis une semaine, ils subissaient de plein fouet l'absence de leur fils. L'aîné de la famille avait toujours été là. Pas un jour – sauf quelques week-ends de jeunesse par-ci par-là – ne s'écoulait sans qu'ils échangent une parole, un clin d'œil, un service, un silence…

Estelle avait vu le changement qui s'opérait dans le jeune couple, elle avait observé les bords de la fêlure qui s'écartaient avec précision. De jour en jour, Max s'assombrissait, perdait l'appétit et le goût pour sa vie de tous les jours. Il passait de plus en plus de temps à la maison, délaissant son propre foyer, mais les tentatives de discussion avec lui se heurtaient aux monosyllabes qu'il faisait grincer du fond de sa gorge. Puis, il avait aussi déserté la maison paternelle, et elle avait cessé de le voir.

Estelle ne disait rien ; elle ne s'était jamais immiscée dans la vie de ses enfants. Elle avait mal en silence de la souffrance solitaire de son fils. Parfois, elle surprenait le regard calme et triste d'Helga, posé sur le dos de son compagnon. Même la vivacité souriante de Zoé semblait inefficace sur le vide qui s'était installé entre les jeunes gens.

Aujourd'hui Max était en prison ; c'était tellement improbable, tellement loin de leur existence. La prison c'était un monde d'ailleurs, un monde de télé, pour les autres. Max en prison ? Allons donc ! Mais au nom du ciel pourquoi ? Pourquoi ? Comment ? Max en prison…

Quand la porte s'ouvrit enfin, Estelle respira profondément en finissant méthodiquement sa vaisselle. Surtout pas de précipitation, pas se retourner… Pas encore… Helga referma la porte. Aucun bruit dans ses mouvements. Estelle devina la chaise tirée et le corps qui s'y posait avec la légèreté si particulière de sa belle-fille. Sa poitrine semblait se déchirer tant son cœur cognait fort. C'était une sensation bien inhabituelle. Estelle n'avait jamais été dominée par autre chose que sa maîtrise implacable d'elle-même et du monde. Son enfance sans joie, parfois difficile, dans une campagne pas aussi tranquille qu'on la décrivait, à répéter des gestes essentiels, avait éteint toute possibilité d'émotions trop fortes. Aujourd'hui, elle aurait bien voulu arrêter les mouvements violents de ce cœur qui semblait vouloir bondir hors de sa poitrine.

Son regard accrocha le portrait qui trônait depuis toujours sur l'étagère de la cheminée. La photo laissait deviner le sourire conquérant sous une fine moustache, l'œil malicieux sous la mèche rebelle, la santé impertinente de la jeunesse.

La légende racontait que l'aïeul, dont Maximilien tirait son prénom, était un vagabond joyeux, curieux, amateur de jolies filles. On disait qu'il avait mis longtemps à parler, mais que lorsqu'il avait ouvert la bouche il parlait comme un grand et savait déjà lire. On disait qu'avant même les poils au menton, il grattait la guitare comme possédé par le diable ; un diable que tout le village adulait.

Était-ce ainsi qu'il avait conquis la belle Zéladia ?

Les histoires couraient bon train, s'arrêtant aux villages alentour, le temps d'un passage par les chaumières et la place du marché. Chaque récit les épanouissait, rajoutant des anecdotes et des occasions de se scandaliser et d'étouffer des rires derrière des mains faussement pudiques. Maximilien était la coqueluche de tout un pays, tous les jeunes gens voulaient l'approcher, voler un peu de son aura ; les vieux souriaient complices, un peu jaloux, des frasques rapportées. Il était la vie.

Etait-ce pour ça qu'il avait conquis la belle Zéladia ?

Peu de photos. Quelques-unes pourtant, en témoignage d'un passé de labour sur ces terres riches. Le pas-de-porte d'une vieille maison de pierre, une famille habillée pas si pauvrement, des corps fins, des dos droits, des expressions sévères. Une femme porte un enfant dans les bras : il rit aux éclats les bras levés comme pour une clameur. Maximilien. Plus tard, sur le même pas de porte, la femme aux traits las, pose ses mains sur les épaules d'un garçonnet en culottes courtes. Il semble se gratter la tête en faisant une grimace comique. Maximilien. Cette fois, c'est un jeune homme, fourche à l'épaule, débardeur blanc, moustache naissante, sourire large, yeux plissés. Maximilien encore. Et Maximilien sur une chaise de bois, concentré sur sa guitare. La dame est revenue, ses cheveux ont un peu blanchi et sont relevés en chignon ; elle se tient derrière le musicien, une main paisiblement posée sur le dos de la chaise.

Maximilien partout, à une époque où la photo était rare dans nos campagnes. Qui donc voulait immortaliser le passage de cet être adulé ? Les photos sont là, dans une boîte en bois grossier créée par un aïeul habile ; si on les regarde avec attention, on y voit maints détails qui nous ont d'abord échappé. Une image en retrait, d'un bel enfant à l'expression grave. Il est là, toujours, présent sur chaque photo, grandissant avec Maximilien. Pas de sourire sur ce visage parfait, mais des cheveux aussi noirs que ceux de son presque jumeau, vague cousin, bâtard renié chuchote-t-on. Le père inconnu, la mère, une enfant. Etait-elle famille avec la dame aux traits las ? La campagne en était certaine, il se passait tant de choses dans les champs discrets. L'enfant devint le frère, l'ami, le double indispensable. Jamais on ne les vit l'un sans l'autre, épaule contre épaule, se chamaillant, se battant parfois comme de jeunes lionceaux éprouvant leur force et d'une solidarité sans faille. Ils abordaient la vie en se testant dans des joutes de tous domaines et faisaient l'admiration de chacun. Ils étaient si beaux, l'un aussi sombre que l'autre était solaire. Les muscles qu'ils prêtaient aux propriétaires des terres voisines étaient forts, saillants et faisaient rêver les jeunes filles en fleur au regard coulant. Ils avaient fait chavirer bien des cœurs, susurré bien des espoirs, fait couler bien des larmes, ces deux larrons à la vie à la mort.

Et un jour Zéladia ! Bohémienne aux quatorze ans effrontés, chevelure épaisse et brune flottant sur les reins, regards orageux, Zéladia l'intouchable, Zéladia l'insoumise. Zéladia conquise.

La légende disait qu'ils s'étaient enfuis si longtemps que le courroux familial était retombé lorsqu'ils revinrent pouilleux, affamés, heureux. Même le ventre légèrement arrondi de l'arrogante manouche n'avait pas soulevé d'objection. Et puis, les temps étaient durs : on avait besoin de bras.

La légende disait que le mariage précipité avait donné lieu à une fête flamboyante. Les feux de joie allumés, çà et là, éclairaient les visages enfiévrés des jeunes et des vieux, des hommes et des femmes. La musique éclatait sur toute la colline. Les amours naissaient derrière les arbres, sur les monceaux de paille, au bord du chemin, au rythme des guitares, des caissons et des accordéons. Les temps étaient durs : on avait besoin d'oublier.

Zéladia dansait, pieds nus, brutale et sauvage. Elle envoyait au ciel étoilé des sourires carnassiers. Les dents solides, la mâchoire puissante, le front volontaire, elle se déhanchait, les yeux chevillés aux yeux de Maximilien.

La légende disait que la lune les suivit partout ; pleine et ronde, elle protégeait le couple d'un halo lumineux.

Mais la légende avait bien d'autres choses à dire… Un complot serait né dans le cerveau furieux de l'ami d'enfance, vague cousin de Maximilien l'amour. Il voulait les honneurs, il voulait les terres, il voulait la belle. Le départ soudain et secret de Maximilien l'avait blessé, lui le compagnon des fêtes en tous genres, le confident des rêves grandioses, le complice et rival tout à la fois. L'épaule de Maximilien contre son épaule lui manquait ; les pauses tabac n'avaient plus la même saveur rieuse.

Il l'avait remplacé sur la propriété familiale, travaillant sans relâche, taciturne et distant. Il avait occupé sa chambre, s'était assis à son coin de table à chaque repas frugal. Il avait accompagné la mère au marché, avait bu, le soir, harassé, avec le père. La peine avait sans doute laissé la place à l'idée : récupérer ces terres qu'il contribuait à sauver, puisque l'enfant légitime n'était plus là.

Celui dont on n'avait plus jamais prononcé le nom au village, avait-il été surpris lorsque Maximilien réapparut au loin, criant son nom ? Que se passa-t-il dans son âme quand il vit sur le visage de la mère le bonheur et sur celui du père la fierté ? La maison retrouvait son agitation, le village sortait de sa torpeur : Maximilien était de retour : futile, gracieux, aimé. Il avait repris sa chambre, son coin de table, sa place au sein de la famille.

Zéladia riait la nuit, et le vague cousin, presque frère, torturé, allongé dans la grange fraîche, les yeux grands ouverts, entendait comme une moquerie.

La légende disait que lorsqu'on avait retrouvé le corps de Maximilien empalé sur les grilles du presbytère, son regard reflétait encore l'effroi d'une course-poursuite perdue d'avance. Quel démon l'avait attaqué ? Que lui reprochait-on ?

L'enterrement fut rapide, l'enquête tout autant. C'était un accident, chacun l'avait admis, mais le silence lourd dès qu'approchait le traître, l'assassin – chacun en était sûr- avait esquissé en quelques heures le départ honteux de l'ami-vague-cousin. S'il ne partit pas très loin, il ne revint jamais au village. La légende dépeint ses déambulations alcoolisées, ses bagarres, son mariage forcé.

Zéladia ne riait plus. Elle se courbait sous le poids d'un ventre de plus en plus lourd. Glacée, fermée, elle errait dans la colline. Tout le village chuchotait encore, en frissonnant, la malédiction qu'elle avait hurlée dans le vent déchaîné.

Un matin, un bébé propre, langé, dormant à poings fermés, avait remplacé Zéladia la Manouche sur l'édredon de plumes. Près de lui, étaient posés un petit crucifix en or et le portrait du joyeux vagabond.

Les temps étaient durs, les bras se faisaient rares, les domaines s'éteignaient parcelles après parcelles. Seule la maison et son bout de terrain réussirent à traverser le temps. Dans le grenier, au milieu des vieux linges et des malles presque vides, un simple coffret de bois avec quelques photos.

La légende avait tout murmuré aux oreilles d'Estelle. Le village était bavard et aimait se souvenir. Mais que savait Helga ? Connaissait-elle la légende de Zéladia, Maximilien et du vague cousin, presque frère ? Savait-elle que ses veines et celles de son amant partagent peut-être le même sang ? Juste quelques gouttes, mais assez pour que le vieux maugrée contre cette union. Que savait-elle de son ancêtre déchu, l'ami, le traitre peut-être ?

Ce portrait, noir et blanc, à peine terni par les ans, se transmettait de génération en génération, symbole de la déchéance des maitres d'alors, liane invisible à laquelle s'accrochait l'amertume de toute une descendance. Estelle n'avait pu empêcher le legs du prénom de l'aïeul trop tôt parti, mais dans son cœur et sur ses lèvres, elle s'était attachée à conjurer le sort, en ne prononçant jamais qu'une seule syllabe : Max ! Elle étudiait avec désarroi toutes les ressemblances entre le portrait et son fils ; le petit pli railleur au coin des yeux, les pommettes larges, le sourire qui relevait narquoisement le coin gauche de la bouche. L'amant de la Manouche semblait lui parler, lui rappeler encore et encore la légende. Le destin se trompait dans sa soif de vengeance. Il s'attaquait à nouveau à l'innocent. Que voulait-il ?

Helga essayait de composer sur son visage, une expression calme et rassurante. Ce fut la blancheur glacée de ses traits que vit Estelle en se tournant vers elle. Les deux femmes se regardèrent avec intensité ; le brave sourire aux lèvres blafardes d'Helga ne faisait qu'accroître la douleur de la mère. Son fils était donc bien là-bas ! Son fils souffrait et son calvaire s'était gravé sur les traits de l'amante. Les épaules solides de la paysanne se voûtèrent en même temps qu'un gémissement à peine audible s'échappait du fond d'elle-même. Impuissante ! Elle était impuissante à protéger son petit. Elle avait failli à sa mission de rempart, celle qu'elle s'était donnée vingt-six ans plus tôt. Ses seins silencieux depuis de longues années, muets même sous les caresses pataudes du vieux, se firent lourds comme au temps où la tétée rappelait à son corps que la survie de l'enfant dépendait de cette fusion charnelle. Ses mains se crispèrent sur la poitrine vide. Helga se leva, s'approcha d'elle et la prit dans ses bras.

— Je l'ai vu, Estelle, dit-elle en la berçant.

— Je crois que ça va, en tout cas, on s'en occupe bien là-bas. Tu sais, le commissaire, c'est Jeannot… Jeannot Durand, il connaît bien Max… Il est sûr que Max est innocent…

— Mais lui ? Comment va-t-il, lui ? La voix était sourde et le regard fuyant.

Helga respira une grande goulée d'air, et sans répondre attrapa les épaules de sa belle-mère pour l'obliger à la regarder dans les yeux.

— Ça ira, Estelle, je vous jure que ça ira. Nous l'aiderons. Je suis là pour lui ! Estelle sut que rien n'allait, ses seins ne la trompaient pas, son petit était en danger, les drames du sang se rejouaient à l'infini. Mais le regard farouche et déterminé d'Helga lui disait aussi qu'elle avait le pouvoir de le ramener à elles. Elle décida de s'en remettre à cette lueur, de donner sa confiance à Helga aux yeux bleu-sans-merci. Rien ne pourrait résister à cette volonté sauvage. Que l'univers se prépare : nul n'arrêtera Helga !

Épuisées mais enfin calmes, les deux femmes s'installèrent

devant un café brûlant et parlèrent presque tranquillement des dernières bêtises de Zoé, de la récolte des tournesols qui s'annonçait plutôt bien, du concours que préparait Helga pour grimper les échelons du centre d'impôts où elle avait été recrutée comme secrétaire.

Helga rentra chez elle, lentement. Elle entendit des rires dans la chambre de Zoé. Instantanément, son visage se fit douceur et sérénité. Elle avança en souriant vers les éclats pleins de gaieté, ouvrit la porte et se pencha les bras tendus pour recevoir l'enfant qui se ruait sur elle. Elle la fit tourbillonner. Toutes deux riaient, Helga était à nouveau Helga aux yeux bleu-amour. Qu'importait qu'elle ne fût pas entière, qu'elle subisse quelque part en elle, les saignements de l'arrachement, Zoé, elle, ne devait pas sentir la douleur de cette — terrible incomplétude — comme elle l'appellera plus tard, bien plus tard, quand serait venu le temps de dire pour extirper.

Zoé couchée, le masque torturé revint. Helga raconta à Marie-jo ce qu'elle put, presque rien, mais elle pleura dans les bras de sa mère, longtemps et sans bruit.

— Si tu le voyais maman… Il est si maigre, si pâle. Il ne m'a pas regardée, pas entendue.

— Il ne voit rien, n'entend rien, même pas moi maman. Même pas moi…

— Maman, j'ai peur qu'il ne revienne plus.

— Mais si chérie, ne t'inquiète pas, il vous aime trop Zoé et toi. Il reviendra, tu verras !

— Non maman, j'ai peur qu'il ne revienne plus de cet endroit qui le retient. C'est comme s'il avait été avalé, comme s'il n'était plus dans ce monde. J'ai peur qu'il ne revienne plus à la vie. C'est horrible. Helga sanglotait, haletait, puis rentrait en elle et revenait à nouveau en suffoquant.

— Tu sais, je n'avais même pas envie de le toucher. C'était comme si un autre, un étranger avait pris sa place. Il était là, devant moi, mais ce n'était pas lui. Ce corps raide, froid… Mon dieu, Maman… Il a eu ce regard à un moment, ce regard qui appelait au secours. Je suis sûre qu'il m'a appelée. C'est comme si… C'est comme si quelque chose était en train de le dévorer.

Elle se redressa et se frappa le front des paumes de la main, à plusieurs reprises.

— Il faut que je le sorte de là. Il a besoin de moi, besoin de Zoé, et nous, on a besoin de lui ; mais comment ? Merde, comment a-t-on pu en arriver là ? Je n'arrête pas de me poser cette question.

D'un geste fébrile, elle attrapa le paquet de cigarettes laissé par Max et en alluma une. Elle tira dessus à plusieurs reprises, son bras droit crispé sur son ventre. Marie-Jo oublia elle aussi, qu'elle avait rompu avec le tabac et tendit la main vers le paquet.

— Et pour son arrestation ? Que dit la police ?

— Le commissaire est persuadé qu'il s'agit d'une erreur. Ils attendent que Max s'explique. Mais Max ne parle plus maman, tu entends : il ne parle plus ! On dirait qu'il ne sait pas où il est, ni ce qu'il se passe. Il a un avocat commis d'office qui veut l'envoyer en psychiatrie. Tu te rends compte ? En psychiatrie ! Qu'est-ce que je dois faire maman ? Qu'est-ce que je dois faire ?

Marie Jo ne savait que dire, comment réconforter Helga. Elle sentait la terreur de sa fille l'envahir. Elle n'arrivait pas à imaginer Max si doux, si gai, si drôle, dans un lieu aussi incroyable que la prison. Elle n'arrivait même pas à comprendre ce que disait Helga. Ce silence… Ce regard perdu… Ce corps raide…

— Écoute chérie, mange un bout, prends un bon bain

chaud, couche toi. Demain tu y verras plus clair. Là, tu as besoin de repos…

Helga ressentait le poids de la journée, l'écrasement des émotions. Sa tête tournait de tant de larmes, elle était au bord du vertige.

— Tu as raison ! Je ne peux rien avaler mais un bain me fera du bien !

L'eau lui brûlait la peau sans que la douleur qui enserrait ses tripes ne cède, les larmes redoublèrent, et les sanglots lui déchiquetaient la gorge. L'image d'un Max effacé de la vie, venait cogner son front, ses tempes, envahir toute sa tête. Elle eut envie d'arrêter le temps, et s'enfonça dans la baignoire en cessant de respirer, le bruit du monde s'éloigna tout doucement, celui de son cœur prit le relai de l'image odieuse contre ses tempes, un certain calme s'installa. C'est une inspiration brutale, presqu'un cri de rage qui s'engouffra dans ses poumons avides lorsque sa tête jaillit de l'eau.

Plus tard dans la maison silencieuse, elle écouta la respiration de Zoé traverser l'interphone et remercia intérieurement Marie-Jo d'avoir mis des draps frais sur son lit. Elle eut même un sourire attendri. Puis elle revint à sa journée et calmement cette fois, observa Max par les yeux de la mémoire. Oui, Max l'avait appelée à l'aide, elle en était certaine désormais ! Leurs corps, leurs tripes, leurs âmes, tout ce qui les constituait, étaient liés à jamais, elle le ressentait profondément, comme elle ressentait profondément la souffrance de Max. Ils étaient liés à travers et en dehors de Zoé. Elle le tirerait de là pour leur fille, pour lui, pour elle-même.

Pas une miette de son énergie ne serait utilisée à autre chose. Elle sentit la force s'insinuer au creux de son ventre et irradier tout son corps. Ils étaient deux ! Ils étaient trois ! Ils étaient un ! Helga la lionne aspira par trois fois, profondément, lentement, l'air de la nuit puis elle s'obligea à imaginer le retour triomphant de Max ; elle entendit les rires de Zoé, de Max, se mêler aux siens dans une symphonie naturelle et évidente ! Elle sentit sur sa peau la caresse chaude des mains de son amant et laissa s'attiser la brûlure de l'absence et du désir. Ses doigts fiévreux obéirent au souvenir vivant !

Apaisée, rassurée, inondée de puissance, elle s'endormit profondément.

18

L'ambulance emportait Max à vive allure. Le médecin n'était pas inquiet, les signes vitaux répondaient bien ; ce jeune aurait une grosse douleur au ventre pendant quelque temps et voilà tout ! Non, il s'inquiétait beaucoup plus de l'état mental de Max. Ce que lui avaient raconté les gardiens ne lui disait rien de bon. Cet état de prostration pouvait indiquer une pathologie plus lourde qu'un simple état dépressif. La surconsommation de cannabis et d'alcool des derniers mois n'arrangeait pas les choses. Une expertise psychiatrique et un traitement adéquat s'imposaient.

Max avait les yeux clos et respirait sous le masque à oxygène. Son pouls était faible mais régulier, le sang ne coulait plus, la plaie était propre et il n'y avait pas de suspicion d'hémorragie interne.

Max ne dormait pas. Il écoutait le bruit de la sirène en se laissant enivrer d'oxygène. Il était groggy mais comme éveillé d'un long cauchemar. Il se souvenait des courses-poursuites, de sa terreur, des bottes qui ne le lâchaient pas. Il avait couru… couru… désespéré. Il savait confusément qu'il ne pouvait aller n'importe où, il suivait un chemin bien précis. Mais où allait-il ? Il n'arrivait à se le rappeler. Pourtant, il avait la certitude qu'il lui fallait se souvenir ; c'était sa clef de sortie ! Où allait-il ?

Max gémit sous l'effort de mémoire. Le médecin alerté se pencha

— Maximilien ? Vous m'entendez Maximilien ? Ouvrez les yeux ! Maximilien ?

Maximilien… Maximilien… Ce nom parvenait à lui comme à travers une brume qui filtrerait les bruits. Ce nom cherchait à s'insinuer en lui, à se glisser à sa place. Ce nom lui évoquait des choses. Maximilien… Y penser le faisait résonner de façon lugubre. Était-ce son nom ? Pourquoi portait-il en lui ce danger terrible ? C'était ce nom que poursuivaient les bottes noires, Max en était sûr ! Tant que le nom serait avec lui, il ne pourrait échapper aux bottes menaçantes.

Max gémit à nouveau. Puis il se rappela le Son. Une grande douceur l'envahit, un sentiment de protection absolue. Le Son était venu pour l'envelopper, le rendre invisible aux bottes, au nom, et à tout ce qui présentait une menace. Le Son savait qui il était, d'où il venait aussi. Il lui avait donné tant de paix, puis il était parti, et les bottes l'avaient retrouvé.

19

Helga se réveilla en sursaut. Son cœur cognait fort dans sa poitrine. Elle resta immobile, le temps de sortir des brumes du sommeil. Elle écouta les bruits de la nuit. Aucun écho de ce hurlement qui avait percé l'espace et le temps. Un cauchemar peut-être ? Elle attrapa le coussin de Max et le pressa contre elle, enlaçant la ouate de ses bras frêles. D'abord faible, puis en crescendo, le grincement musical parvint jusqu'à elle, la figeant d'horreur. Le chant mortuaire du grillon emplissait la maison de sa malédiction !

— Non, murmura Helga

— Va-t'en porter ta prédiction de malheur ailleurs ! Elle tendit le bras pour allumer la lampe de chevet. Le grillon se tut de courtes secondes, puis l'alerte morbide reprit en douceur, pour éclater à nouveau en une symphonie aussi belle qu'effrayante. Helga se leva, alluma toutes les lumières : elle devait chasser le grillon, chasser le malheur ! Le sortir de sa maison, protéger les siens. Ses larmes se mirent à couler malgré elle.

— Max... Mon Amour... Max reviens !

Elle ouvrit la porte d'entrée et courut dans le jardin...

— Max... Max...

Elle s'accroupit près du gros chêne centenaire qui sentait si bon la mousse et la fraîcheur, posa son front sur ses genoux ceinturés par ses bras et se balançant d'avant en arrière psalmodia en sanglotant :

— Max… Max… Max… Max…

Elle s'endormit presque, épuisée de larmes, frissonnante, les muscles mous. Sa gorge lui faisait mal et elle n'essuyait même plus son nez. Dans un sursaut d'énergie suppliante, elle déplia les bras, montra ses paumes au ciel et fixa la première lueur de l'aube. Elle sentait sous ses pieds l'herbe mouillée par la fin de la nuit, ou par ses larmes peut être. Elle regardait l'infini, espérant une réponse, un conseil, une aide. Elle semblait abdiquer, Helga aux yeux bleu-charbon.

Lorsqu'elle rentra enfin, le jour était levé, balbutiant, mais bien là. Le grillon mystérieux s'était tu depuis longtemps, les oiseaux prenaient le relai, timidement et en douceur : un cri, puis un autre, les appels des adultes, les réponses des oisillons… L'odeur de la terre baignée de rosée… Les couleurs fugaces du ciel… Pas encore le soleil mais bientôt…

Une vie puissante s'éveillait. Helga sentit au fond de son ventre cette force familière grandir telle une boule de feu nourrie par cette urgence de la nature. En même temps que montait en elle l'exaltation créée par cette fusion, le calme s'installait dans sa tête et dans son âme. Ses yeux retrouvèrent la transparence bleutée qui éclairait Helga-fille-de-la-Terre.

Lorsque le téléphone sonna, elle savait déjà : Max avait décidé de quitter ses ténèbres. La voix aux accents formol qui l'informait, ne réussit pas à l'effrayer ; le retour à la vie ne pouvait qu'être douloureux, et elle attendait cette douleur comme un mal nécessaire ; sa douleur bien sûr, celle de Max aussi. La personne au bout du fil refusa de lui donner les détails, elle indiqua simplement l'adresse de l'hôpital : Toulouse, pourquoi si loin ?

En raccrochant, Helga soupira. Ce n'était pas un soupir de découragement. Non ! Bien au contraire, c'était un soupir qui faisait le lien entre le jour et la nuit, entre la lumière et l'obscurité, entre la veille et le sommeil, comme un trait d'union aussi précieux que maîtrisé, un appel d'air pour être certaine de continuer.

Elle se mit à ranger calmement le salon, le chiffon odeur cire qui caressait les meubles rajoutait un calme supplémentaire à ce début de quiétude. À mesure que la poussière disparaissait de la pièce, Helga prenait place dans la journée.

Dans la cuisine, elle se prépara un thé, fit griller un bout de pain décongelé, le décora de beurre et de miel, puis assise face à la fenêtre, dévora ce petit déjeuner salutaire. Les petites dents blanches déchiquetaient consciencieusement les tartines après les avoir trempées dans le thé, vieille habitude enfantine. L'expression était calme, appliquée : il ne restait plus rien de la jeune femme sanglotante et impuissante de la nuit. Ce matin, le frêle corps était possédé par une force quasi surnaturelle. Helga-à-nouveau-Lionne, se préparait à l'assaut de la vie et était bien décidée à vaincre.

Max avait été transporté à l'hôpital cette nuit, quelques minutes après que le grillon eut réveillé la femme-enfant apeurée. Ses jours n'étaient pas en danger. Non, il n'avait rien réclamé, pas même elle. Oui, il semblait lucide.

Tout en engloutissant son petit déjeuner, Helga refit le circuit de la nuit, suivit le chemin de ses émotions, se remémora l'éveil de la nature, l'appel du policier. Elle dépassa le présent et sur le seuil du futur organisa sa matinée : lever Zoé, la faire manger, la laver, l'habiller, l'amener chez Marie-Jo, se rendre à l'hôpital.

Puis plus loin encore, au cœur du futur, retrouver Max, son Max, le père de Zoé, le ramener à la maison, ne plus le laisser errer, jamais !

L'image fugitive de sa grand-mère s'imposa dans ses pensées. Elle lui vit un sourire semblable au sien ; les rides s'étaient effacées sous le voile de feuillages. Les pieds-racines puisaient la sève du sol fertile. « Ma petite-fille » semblait dire le regard perçant, « Je suis là, avec toi. Je suis toi ! »

Sa grand-mère était en elle, aussi forte que l'arbre rugueux et palpitant qui l'avait accueillie cette nuit. Elle sentait sa puissance, sa chaleur, sa lumière embraser la chaîne ininterrompue des femmes de la famille. Elle revit les grandes tablées familiales et la horde de cousines rieuses autant que querelleuses desquelles les rares frères et cousins, se tenaient frileusement à distance respectueuse.

Sous le toit du hangar de la mère-tortue, protégées de tout, les apprenties rebelles apprenaient la liberté, chacune à sa façon. Générations après générations, elles étudiaient consciencieusement le droit à vivre. Chaque fragilité devenait une force invincible, et les personnalités parfois semblaient se liquéfier, disparaître en coulées sinueuses au centre de la terre pour rejaillir plus loin, plus tard, terrifiantes et grandioses. Rien ne pourrait entraver la marche impérieuse vers la liberté. Helga, comme sa mère avant elle, et comme sa grand-mère, portait en elle la première de toutes les femmes de cette lignée de conquérantes. Aujourd'hui, elle avait envie de déposer les armes ; pour Max, elle voulait n'être plus qu'Helga aux yeux bleu-douceur !

Le sang rouge et chaud qui galopait dans ses veines, charriait toutes ces images, toutes ces histoires, tous ces désirs. Helga, elle, ne pensait pas, elle ressentait. Elle dévorait !

Helga partit tôt. La petite ville commençait tout juste à s'animer. En passant près du Moulin, elle ralentit et se recueillit devant ce paysage qu'elle aimait tant. La beauté du bâtiment vieillot, la courbe du Tarn d'une glaciale sensualité, l'eau calme et noire qui recelait tant de secrets effrayants : elle aimait ce spectacle. Il l'apaisait, la nourrissait, et lui rappelait qui elle était. Elle décida de s'y arrêter un moment. Elle coupa le moteur, et tenant par la main une Zoé aux yeux un peu endormis, et à la marche encore incertaine, elle longea à pas lents, les remous inodores du fleuve tranquille. Elle avait passé son enfance à jouer ici, avec ses frères, sous l'œil vigilant de Marie-Jo ou de leur grand-mère. Elle y avait fait ses débuts en patins à roulettes, puis elle avait appris l'art de pédaler sur le vieux vélo familial, grinçant et sans petites roues, juste avec sa détermination et son besoin de liberté. Le vélo, très vite l'avait enivrée, l'emportant vers des espaces de plus en plus lointains. Lorsque la vie l'avait obligée à revoir le monstre, c'est sur ce vélo qu'elle avait caché et séché ses larmes en pédalant comme une dingue au milieu des champs de Saint-Benoît, à la sortie de la ville. Essoufflée, les muscles douloureux, elle avait écrasé, kilomètres après kilomètres, l'image de celui qui l'avait obligée à gommer une part d'elle-même, celle qui venait de lui.

A grands coups de grisailles et de silences, elle avait éteint tout ce qui était lui dans son sang. Elle avait voulu effacer jusqu'à son nom, mais c'était compliqué et onéreux. C'était certes reporté à plus tard, mais Max lui avait promis d'en porter un plus propre.

— Helga, ma brunette, on n'a vraiment pas besoin de se marier ! Max trouvait l'idée du mariage dépassée et l'acte bien trop coûteux. Puis quand même c'était un peu flippant ! D'accord, il l'aimait son Helga, mais c'était peut-être pas une raison, pour lui passer la bague au doigt ! C'était bizarre le mariage, ça évoquait ses parents et c'était pas trop drôle ! Puis bébé n'était pas là encore.

— Je ne veux pas me marier pour te coincer, Max, ni pour qu'on change de vie, mais c'est bien si on porte le même nom, tous les trois, non ?. Merde, elle avait les larmes aux yeux ! Putain, ça lui ressemblait pas ça ! C'est peut-être hormonal, il paraît que ça arrive, les femmes enceintes sont parfois sensibles, hyper sensibles ! Mais là quand même, ça fait un bail qu'ils sont ensemble, qu'est-ce qu'il lui prend tout d'un coup ? Max se dandinait, respirait fort, regardait Helga du coin de l'œil. Il la prit dans ses bras, pour cesser de voir cette angoisse grandissante sur le visage d'ordinaire si serein, voire inexpressif. Helga qui flanche ? Non ce n'était pas banal, et lui ne se sentait pas bien tout à coup, comme contaminé par la souffrance d'Helga.

— Max, je veux juste changer de nom, s'il te plaît. Si on se marie, je n'aurais plus à porter le nom de l'autre !

Mais qu'il était con ! Comment n'y avait-il pas pensé ? Il avait pourtant accompagné Helga dans toutes ses démarches pour effacer le nom détesté ! Il avait cherché avec elle un autre nom, ils avaient calculé ensemble comment ils pourraient éviter que l'Autre ne refasse surface dans la vie d'Helga. Mais c'était des années en arrière, et depuis Helga n'en n'avait plus parlé. Alors, lui : il avait oublié !

Il l'avait embrassée avec douceur

— Le temps de régler les papiers et on se marie. Ratounette Bogard, voulez-vous m'épouser ? Avait-il grondé, grimaçant, un genou au sol et les bras écartés. Riant à travers ses larmes, Helga s'était jetée sur lui, le déséquilibrant et ils avaient fait l'amour en riant et en pleurant, désordonnés, à la recherche de la fusion plutôt que du plaisir.

Quelle ironie du sort avait envoyé son Max si doux, si joyeux sur les traces du vieux salaud ? Le père s'était peut-être allongé sur le banc de la même cellule, avait respiré la même odeur, vu les mêmes murs grisâtres et rapprochés, mais, lui avait choisi, c'était son monde, sa vie ! Il avait ri sûrement, cherché la faille de chaque maton, demandé un avocat, su qui appeler. Plus tard, après le procès, il avait repéré quelles ficelles tirer pour être libéré de façon anticipée ; il avait trouvé les bons mots, les bonnes expressions pour les avocats, les médecins, les assistants sociaux. Il avait su les charmer, et la petite famille n'avait pas eu le droit de panser ses plaies loin de cette ordure : obligation d'assistance, c'était à Marie-Jo de payer, encore et encore.

Marie-Jo avait tenté d'expliquer, de protéger ses enfants ; la femme des services sociaux ne voyait que le rouge étalé sur la bouche pulpeuse, le vert outrancier posé sur les paupières en amande, les jupes si courtes, et les talons trop hauts. Elle pensait qu'il serait bien de retirer les enfants des mains de cette femme si vulgaire. Pas étonnant que le compagnon soit tombé si bas ! Allez savoir ce qu'il se passait chez eux.

Les enfants devaient garder le contact, c'était bien pour eux !

Non, Marie-Jo ne pensait pas que garder le contact avec leur père serait bien pour eux. Non, Marie-Jo ne pensait pas que des visites en prison représentent le dimanche idéal. Et non, Marie-Jo ne pourrait pas financièrement se permettre les allers-retours en train, l'aide au prisonnier, etc.… Etc.… Marie-Jo voulait juste que cet homme disparaisse de leur vie. Peut-être les enfants iraient-ils mieux après ?

— L'aîné passe son temps à se battre ; à l'école ils ne savent plus quoi faire. Le cadet fait pipi au lit, la fille ne dit plus un mot. Madame mes enfants ne vont pas bien, si vous les obligez à voir leur père en prison ce sera pire. Cette ultime tentative d'explication s'était achevée un sanglot dans la voix, tellement il était humiliant de donner tous ces détails. Mais aucune compassion sur le visage de la femme, juste du mépris, à peine déguisé par un sourire froid.

— Ce que vous me dites prouve bien que vous avez toutes les difficultés à élever vos enfants seule. Il me semble que cela fait près de deux ans que le père n'est plus à la maison, alors si vos enfants en sont là… Posez-vous les bonnes questions !

Plus à la maison ? Et les appels incessants ? Et les coups à la porte au milieu de la nuit ? Et les visites impromptues à la grand-mère des enfants ?

Plus à la maison ? Robin disparaissait des semaines entières puis une nuit – toujours la nuit – il revenait, rappelait à tous que la famille tremblante derrière la porte était la sienne.

— Vous entendez ? Vous êtes à moi ! A moi, à personne d'autre ! Marie-Jo, sale pute, ne t'avise jamais de me tromper, hurlait-il. Jamais ! Tu m'appartiens et tes bâtards aussi !

Il clamait son goût de la domination, lui, qui ne sortait de la médiocrité que dans la violence. Là, il était le maître ! Aimait-il Marie-Jo ? Il aimait sa peur. Il aimait la réduire. Il aimait voir ses gestes fébriles quand elle était inquiète de ce qu'il penserait, de ce qu'il allait faire. Il la pensait soumise, totalement ! Il la pensait un peu plus menottée à chaque grossesse. Il lui avait interdit de travailler. Il lui interdisait de sortir. Parfois, il l'enfermait pour lui donner une leçon. Parfois, il devait être plus méchant, oui, ça arrivait. Il lui arrivait de penser qu'il avait droit de vie ou de mort, sur elle comme sur ses mioches. C'était sa chose, merde ! Qu'elle ait pu le fuir avec ses trois enfants lui paraissait choquant, au point qu'il ne pouvait y croire. L'absence de bruit ce jour-là. Les reliefs du repas sur la table. La vaisselle abandonnée. Les portes des chambres ouvertes, les lits défaits, les objets et vêtements jonchant le sol, comme si une tornade était passée dans les armoires. Il avait mis du temps à comprendre. Il s'était installé sur un fauteuil, bière à la main et avait attendu, prêt à lui donner la correction qu'elle méritait. Il ne savait pas encore que bouillonnait dans le sang de la fugitive, le courage et la force que toutes ses ancêtres avaient accumulés pour lui offrir ce bond vers la liberté.

Enragé, il les avait cherchés, tel une hyène en quête d'un cadavre. Il les avait trouvés, avait essayé la douceur, la manipulation pour la ramener à lui. Marie-Jo n'ouvrait jamais, alors ce furent les hurlements et les menaces. Puis il repartait.

Le silence durait parfois des mois ensuite. Marie-Jo y croyait presque : il avait capitulé. Juste le temps d'un frêle espoir, jusqu'à ce que Robin revienne, vociférant, menaçant… Marie-Jo tentait bien de porter plainte, mais au poste on la regardait goguenard sans rien noter de ses frayeurs. « Allez ! Allez ! C'est rien ça ! Ben alors de quoi elle se plaint la dame ? Son petit mari l'aime, ça lui fait pas plaisir à la dame ? Puis vous lui avez fait quoi à votre homme pour le mettre dans cet état ? »

Un jour, Robin avait refait surface, plus conquérant que jamais, laissant hurler à sa place la horde d'administratifs qui faisait le lien entre la prison et l'extérieur. Leurs mots, précieux, exigeaient tout : argent, présence, allégeance. Leurs documents, leurs recommandés, leurs regards la rabaissaient, l'écrasaient, niant ces années de bleus, de fractures, de terreur… Fouillant sa vie, la vie des enfants pour les réduire à néant. La prison donnait à Robin une force bien plus grande encore.

Marie-Jo enrageait. Les larmes menaçaient très fort. Elle sentait le danger : cette femme qui lui parlait des droits paternels de Robin, était le mal. Elle avait la même odeur que l'homme en prison : l'odeur du malfaisant, l'odeur de la ruse, l'odeur de la tromperie. Son ton n'était pas aussi mielleux, certes, mais, elle, elle n'avait pas à convaincre, juste à imposer. Marie-Jo avait serré les dents, baissé les yeux, s'était tue. Assistante sociale ou pas tu n'auras pas mes petits ! Personne ne les aura ! Je n'ai pas traversé l'enfer pour les laisser à votre monde abject ! Elle ne disait rien de cela à voix haute, mais ces pensées lui tissaient comme un gilet de protection.

Elle dirait son dernier mot quelques heures plus tard, dans le bureau de l'avocat de l'aide judiciaire. Il l'avait regardée, écoutée attentivement, et avait lu les documents et injonctions diverses. Chaque ride creusée sur le front de la jeune femme, chaque cheveu trop tôt grisonnant, la brillance du regard, le débit précipité de la parole, tout en Marie-Jo disait ses souffrances, ses peurs et sa détermination. L'homme connaissait bien la monstruosité de l'administration qui savait écraser les êtres sans défense. « Ne vous inquiétez pas, Madame, nul ne vous imposera quoique ce soit ! ».

Ce fut la dernière fois que la petite famille entendit parler du triste sire et de la horde méprisante.

Les vaguelettes du Tarn se refermèrent sur ces images. Tout cela était si loin. Depuis, il y avait eu la tranquillité avec maman et les frères, et puis il y avait eu Max, puis Zoé. Helga prit sa fille dans ses bras :

— Chérie, je vais t'amener chez Mamie, puis j'irai voir papa.

— Papa ? Papa ? L'est où Papa ? Veux voir Papa.

— Oui, mon cœur, bientôt ! Papa t'aime très fort tu sais ? Et maman aussi t'aime très fort. Et elle te fait plein de câlins. Helga l'embrassait dans le cou, l'enfant riait de tant d'amour. La mère huma les cheveux fins de Zoé en regardant avec gratitude les eaux noires du Tarn qui engloutissaient les souvenirs malpropres.

20

Max s'éveillait lui aussi. Pour la première fois depuis longtemps, il avait dormi. Son ventre était extrêmement douloureux, et chaque respiration accentuait cette douleur. Il se concentra un moment dessus, fouillant ses souvenirs. Les images arrivaient sans ordre, sans logique, par flashs violents et aussi douloureux que son ventre. Il ouvrit les yeux et fixa le plafond blanc qui ne lui rappelait rien. Puis, précautionneusement, fit rouler son regard d'un côté, puis de l'autre. Il tourna la tête très lentement. Du blanc, du blanc, rien que du blanc… Où était-il ? Sa tête se peupla petit à petit des remous de la nuit, mais c'était confus. Sa vessie lui rappela son corps vivant, il voulut se redresser, et le mouvement lui arracha un cri. La porte s'ouvrit, et une jeune femme en blanc elle aussi, s'approcha en souriant.

« Bonjour monsieur. Evitez de trop bouger, vous avez une blessure au ventre, avec douze points de suture. Ça doit tirer, mais rien de grave, rassurez-vous ! Tenez, je vous montre : pour appeler une infirmière, vous appuyez sur ce bouton ; pour redresser le lit, c'est celui-ci… Pour le mettre en position couchée c'est de ce côté… Vous pouvez vous lever, mais faites très attention, on ne vous enlèvera les points que dans quelques jours. Le docteur, va d'ailleurs passer dans un moment, il vous dira quoi prendre pour atténuer la douleur. »

Tout en parlant, l'infirmière avait redressé le lit, arrangé les coussins et vérifié le goutte-à-goutte. Max se rappela vaguement les couleurs de la veille : gris cellule !

Les images affluaient, de moins en moins confuses, des bruits aussi, des cris, des sirènes. Il ne se rappelait encore rien de précis. Il repoussa le drap et sortit lentement une jambe décharnée, puis une autre. L'infirmière l'aida à s'asseoir. Il portait un tablier disgracieux, couvrant à peine l'avant et dénudant le dos. Il réussit à se lever. Il était surpris de sa faiblesse. La tête lui tournait, et ses jambes flageolaient. Il alla sans escorte pourtant aux toilettes. Il s'arrêta devant le miroir, pour observer ce visage aux joues creusées, noires de vieille barbe, et ces yeux fiévreux : il était effrayant ! Ces quelques pas l'avaient épuisé. Il s'allongea de nouveau, et ferma les yeux.

— L'hôpital a prévenu votre femme. Elle devrait venir ce matin.

Helga… Le vide de l'absence le submergea soudain. Toute la douleur des dernières semaines se raviva. Il pensa qu'il ne pourrait en supporter plus. Une violente nausée le plia en deux, accentuant les piqûres du ventre.

21

Il y avait peu de monde sur la route. La petite voiture blanche semblait glisser de rues en rues sans utiliser les freins. L'enfant déposée chez sa mamie, Helga appréciait ce silence matinal à peine rompu par le ronronnement du moteur. Elle savourait cette force née d'une nuit pourtant difficile. Son regard accrocha une lueur étrange là-haut sur les coteaux. Elle profita d'un feu rouge pour l'interroger avec curiosité. Puis elle comprit : il s'agissait de la vierge des coteaux surplombant la ville ; ses lumières n'avaient pas été éteintes au petit matin. Cette lueur irréelle semblait être là pour elle, pour habiller de douceur sa force toute nouvelle. Elle imaginait, plus qu'elle ne voyait, la paisible statue aux lèvres de marbre déversant en un flot continu, le chant murmuré des femmes du monde entier, d'hier et d'aujourd'hui. Un petit coup de klaxon, l'obligea à réintégrer son corps. Helga fit demi-tour. Ce court moment lui indiquait une autre direction. La petite voiture toussota de contentement : elle se dirigeait vers la maison de retraite.

Helga se gara devant la jolie bâtisse rose, aussi anodine qu'un petit immeuble joyeux et propret. Elle ignora le côté des biens portants pour suivre la direction des êtres fragiles et perdus.

Cela faisait peu de temps qu'on avait rapatrié mamie dans la petite ville. Marie-Jo s'était battue pour cela. Elle voulait voir sa mère tous les jours, et tant qu'elle était si loin ce n'était pas possible. Elle s'épuisait en démarches et en trajets. Chaque retour était imprégné de désespoir. Sa mère, sa maman, pilier et carapace tout à la fois était aujourd'hui prisonnière de l'hospice autant qu'elle était prisonnière de son enfance. Cette double prison était néfaste, Marie-Jo le savait. Elle avait vu la maladie progresser très rapidement derrière les verrous de la maison de soins. Elle n'osait protester, et tentait de sourire devant la directrice et le personnel de soins : elle voulait que l'on prenne bien soin de sa mère. Elle nettoyait elle-même la chambre, aérait la pièce, secouait les draps, puis promenait la vieille perdue quelque part dans son enfance.

— Bonjour madame, lui disait-elle avec un sourire mutin. Vous m'avez l'air très gentille. Elle la scrutait. Vous savez, vous me faites penser à quelqu'un. Elle plissait ses yeux sombres, devenus tout petits.

— Mais, oui maman, répondait en riant Marie Jo. Je te fais penser à ta fille non ? Tu sais, je suis Marie-Jo. Je suis ta fille.

La vieille riait, et son rire restait frais, cristallin, découvrant de jolies dents minuscules.

— Ho ! Ho ! Vous êtes une marrante vous ! Mais ne dites pas ça à maman, surtout : ça ne la ferait pas rire ! Elle est partie à la ville avec papa. Vous savez Papa, il n'est pas commode mais je ne le laisse pas faire !

Marie-Jo connaissait bien la personnalité rebelle de sa mère. Très jeune, elle s'était élevée contre la violence du père. Ce grand bonhomme taciturne à l'énorme barbe noire sur des maxillaires tout aussi impressionnants, était réputé dans tout le village pour sa méchanceté. Personne ne lui tenait tête, personne sauf… sa fille, qui très vite avait protégé sa mère des poings lourds qui s'abattaient sur elle sans raison. Lucie recevait alors, le reste des coups, mais jamais le vieux ne l'avait agressée directement. Il ne lui parlait pas, ne la regardait pas, peut-être en avait-il peur ? Ce petit bout de bonne femme à la longue chevelure brune et frisée semblait ne plier devant rien ni personne. Elle se levait avant le lever du jour, toujours la première, s'occupait de la maison, de ses frères et sœurs, des animaux, puis partait aux champs, infatigable, rentrait au soir manger la soupe sans dire mot, puis repartait rejoindre ses amies sur les bancs de la place. C'était son moment à elle. Elle riait à gorge déployée, inconsciente du regard des hommes sur son corps musclé. Lucie était belle, et profitait de la moindre occasion qui permettait de s'amuser, de chanter, de danser. Mais Lucie avait aussi la langue bien acérée, l'œil brun et pétillant et toisait avec impertinence les pauvres mâles bégayants qui tentaient de l'aborder, et ceux qui simplement osaient poser les yeux sur elle.

Lucie ne se donnerait pas. Les choses de l'amour ne l'intéressaient pas. Son corps ne parlait qu'à la terre et au soleil. Elle tournoyait, pieds nus, dans les champs de tournesols, offrant sa peau au délice du vent. Lucie appartenait aux éléments, fleur sauvage, saule magnifique, elle partageait les émois de la nature. Sa danse était un martèlement sourd et profond, ses racines se déployant toujours plus loin ; les mains tendues attrapaient les nuages, le corps pourchassait les saccades de l'air, fuyait l'ombre et la recherchait tour à tour, puis plongeait aussi brutal qu'une pluie de printemps, pour rejaillir gracieux tel un métal en fusion, lèvres entrouvertes sur le feu de la vie.

Pas la moindre vaguelette de désir ne ferait frémir le bas-ventre de Lucie. Elle n'en n'était que plus désirable, pari furieux de tous les hommes alentour, inconscients du miracle qu'elle était. Comment auraient-ils pu comprendre que cette sève était un livre des secrets écrit par des générations de femmes. Naissance après naissance, elles s'étaient chuchoté l'espoir du bonheur : l'homme n'en ferait partie que plus tard, beaucoup plus tard. La femme devait d'abord se trouver elle-même ! Tous ces chuchotements étaient en Lucie, étaient Lucie !

Lucie se marierait, c'était dans l'ordre des choses, et Lucie ne combat pas l'ordre des choses, surtout quand la parole de l'église s'en mêle ; mais Lucie choisirait ! Elle choisirait entre tous, celui que ses aïeules défuntes approuveraient, l'étalon insignifiant, sans danger, géniteur des enfants qu'elle mettrait au monde. Elle choisirait celui par qui la chaîne de souffrances serait peut-être rompue. De leur accouplement sans plaisir, devrait naître une ère nouvelle : celle de la femme sans joug ! Relèverait-elle le défi ? Permettrait-elle à sa fille d'accéder à cette liberté ? Faudrait-il attendre la génération suivante ? Le moment viendrait. Il le fallait !

Lucie ne pensait pas à tout ça. Elle dansait, travaillait, raillait les amants, et s'acheminait pleine d'assurance sur le tracé de son destin.

Helga entra dans la chambre. On y manquait d'espace. Les meubles qui avaient organisé le quotidien de la grand-mère du temps où elle vivait chez elle, avaient été déposés là, sans que l'on sache vraiment si ces objets familiers lui faisaient plaisir. Helga pensait que c'était sans importance, que le monde dans lequel avait pénétré sa grand-mère était d'une autre lumière que celle du familier. Elle pressentait aussi que Lucie l'indépendante n'avait pu s'attacher à ces choses insignifiantes. L'objet n'existait que par son utilité, et ils étaient aujourd'hui inutiles.

Lucie dormait. Respiration forte, sifflante à travers les lèvres exsangues. Le visage décharné, minuscule sur le grand coussin, s'était teinté d'un blanc cireux. Un bras, d'une pitoyable maigreur sortait du drap, piqué d'une aiguille : Lucie ne mangeait plus.

Helga serra fort ses paupières sur les larmes menaçantes. Elle s'installa sur l'unique fauteuil près du lit et d'un effleurement léger caressa le bras squelettique.

— Mamie… Ma mamie… chuchota-t-elle en posant avec douceur sa joue sur l'oreiller, tout contre le visage de sa grand-mère.

— Mamie, j'ai tellement besoin de toi, de ta force. J'ai tellement besoin que tu sois là encore, avec ton air sévère, ton grand cœur et tes paroles sages.

Je n'ai rien oublié tu sais. Tout est dans ma mémoire… Les herbes qu'on arrachait ensemble, le petit arrosoir que tu me confiais, le nom des fleurs que tu me répétais joyeusement, les danses, pieds nus dans les flaques de pluie, l'eau que tu recueillais pour me laver les cheveux, tes fausses colères quand je faisais des bêtises, ta main rêche sur mon front quand j'avais de la fièvre. J'adorais ça : être malade, couchée sous l'énorme édredon, à écouter le bruit de la vie dans ta cuisine. Tu te souviens ? Tu me faisais toujours des gaufres avec de l'eau-de-vie, tu disais que ça tuait les microbes. C'était bon, avec le miel qui dégoulinait partout.

Helga se tut un instant, envahie par les saveurs du passé. Elle sentait encore le poids de l'édredon sur son corps, et le miel couler dans sa gorge. Elle entendait le bruit étouffé des plats qui tintaient devant la gazinière et le crépitement du feu de cheminée.

— Tu étais ma mamie à moi. Je savais bien que j'étais ta chouchou, c'était notre secret à nous. C'est vrai, non ? Allez, avoue ! C'était moi ta préférée non ?

Elle passa tendrement sa main sur les cheveux rares et gris.

— Ma mamie à moi, soupira-t-elle encore.

— Cette nuit le grillon a chanté dans la maison. Le signe de la mort, comme tu disais toujours. J'ai eu si peur. Mais tu n'as rien laissé faire dans ton monde là-bas. Tu savais bien toi que j'avais trop besoin de Max pour le laisser partir, et tu me l'as ramené. Tu l'as guidé vers moi, pas vrai, Mamie ? Tu t'es battue avec ceux qui voulaient l'emporter loin de nous, tous ces ricanants nuisibles et jaloux. Cette bataille-là, tu ne pouvais pas la perdre, pour moi, pour Zoé, pour nous toutes. Je t'aime Mamie. Je suis venue te dire merci. Merci pour tous ces bonheurs que tu m'as offerts, merci pour m'avoir ramené Maxou, merci pour m'avoir tant aimée, merci pour ce que je suis, ce que nous sommes, maman, Zoé et moi.

Elle regarda avec tendresse celle qui se préparait au dernier voyage, en s'interdisant tout serrement du cœur. Pour sa grand-mère, elle ne voulait être qu'amour et sérénité.

— S'il te plait, Mamie, reviens nous voir souvent, j'aurai toujours besoin de toi. Toujours !

La vieille n'avait pas bougé, pas frémi. Helga, pourtant, avait la certitude que ses paroles avaient franchi tout l'être pour atteindre l'âme qui flottait entre deux mondes.

Elle embrassa à nouveau, avec une infinie douceur, le front de sa grand-mère, appuyant longuement ses lèvres fraîches sur la peau presque lisse. Un dernier baiser.

Sur le pas de la porte, elle s'arrêta, son regard ne voyait plus le corps presque poussière, mais celui de Lucie, forte, altière, dansant victorieuse dans les champs de tournesols.

22

Le salon ressemblait à un champ de bataille. Bouteilles, assiettes cartons, verres plastiques trainaient dans tous les coins. Ils n'étaient pourtant pas nombreux la veille, et la pièce était gigantesque, pourtant rien n'était épargné : meuble télé, canapé, fauteuils, sol, et que dire de la table ? Quel foutoir ! Helga bailla en se frottant les yeux. Elle secoua la tête et se dirigea vers la cuisine d'un pas trainant. Là aussi tout était sens dessus, sens dessous. La sauce bolognaise collait quelques spaghettis au plan de travail, jusque sur l'égouttoir qui par ailleurs était vide de toute vaisselle propre.

Elle se fit une petite place entre les pâtes racornies pour déposer bol et tartines. Le volet était resté ouvert, le soleil guettait son moment. Helga bailla à nouveau et paupières plissées observa l'éveil du jardin en attendant le sien.

Elle se concentra sur une vague nausée, inspirant profondément pour la calmer.

Il était tôt encore. La lumière inondait déjà cette partie du jardin. Une légère brise agitait les branches du figuier qui offrait des fruits dont on pourrait, sous peu, se régaler.

Helga versa l'eau frémissante sur le sachet de thé. Elle prit la tasse entre ses deux mains, et sortit accueillir les rayons pas encore trop agressifs. Pieds nus sur la terre sèche, elle fit quelques pas destinés à assouplir ses muscles. Telle une compagne fidèle, la paix se diffusait dans tout son corps. Elle recevait avec gratitude ce petit bonheur quotidien qui la rejoignait désormais chaque matin.

Ce fut une belle soirée, pleine d'étoiles, de rires et de tendresses. Comme tous les ans, la Saint Jean avait réuni ceux qui peuplaient sa vie. Bruno et Max avaient gratté leur guitare avec frénésie, pitrerie et enthousiasme, poussant parfois la chansonnette. On avait ri, beaucoup ri autour des spaghettis, des bières et du vin rouge. Parfois, le cœur d'Helga se serrait à l'évocation de certains épisodes, souvenir de l'angoisse qui avait tapissé tout un pan de leur histoire.

Taz n'en finissait pas de raconter en détails pleins de drôlerie « l'aventure ».

— Ho, la tête du maire en caleçon dans son jardin ! Tu te rappelles ? Qu'est-ce qu'il avait l'air con avec son vase à la main ! Sans dec… Il pensait défendre qui avec ça ? riait-il avec cette insouciance qui irritait souvent Helga.

La mémoire flanchait bien un peu ; cette nuit-là ils étaient imbibés d'alcool, le cerveau étouffé par tous les joints fumés… Ils étaient en colère contre les femmes, toutes les femmes. Ils avaient débattu durant des heures au sujet de leurs exigences à la con, leurs manies, leur sournoiserie… Ils s'échauffaient en les détestant… Puis ils s'étaient mis à détester la ville, la politique, l'argent. Ils se disputaient, ne s'écoutaient pas, pleurnichaient chacun dans son coin, ouvrant bière sur bière, fumant joint sur joint. Bruno avait ri un moment puis avait quitté le petit groupe. Max buvait et fumait, toujours ailleurs, se contentant de meugler quand on l'interrogeait

— T'es pas d'accord Max ? On se fait manipuler, non ? Faut bousiller tout ça ! Y en a marre d'être pris pour des cons.

— Humm…

Puis la décision avait été prise : il fallait réveiller le « zombi ».

— Sérieux mec, t'étais un zombi, rien d'autre ! Ça faisait pitié de te voir t'enfiler pet's sur pet's sans un mot, à poil sur le canap ! Putain, mec, ça faisait flipper, je te jure !

Jean Jean approuvait « Ha ! Trop flippant ! Combien de fois je t'ai cru crevé chez moi ? Ha putain ! Pas vrai les mecs ? »

Alors Taz et Jean-Jean avaient décidé de le réveiller. Ils étaient partis à pied, en chantant à tue-tête dans les rues profondément endormies de la petite ville. Max suivait du pas lourd qui était devenu le sien, le regard toujours dans le vague.

Petit à petit, les voix éraillées s'étaient émoussées ; la déambulation sans but de la petite troupe perdait de sa saveur et chacun s'attristait des images qui l'avaient amené là. Il fallait échapper à ce nuage, à tout prix… Ne pas laisser les pensées divaguer, le cœur avoir mal… Trouver un truc à faire, n'importe quoi pour rétablir le rire : c'était la tâche de Taz, jamais à court d'idées. On pouvait compter sur lui pour l'évasion artificielle !

Ils fouillaient nerveusement leurs poches : tous avaient leur briquet, mais les paquets de clopes étaient vides.

— Merde !

Taz et Jean-Jean s'étaient regardés, abattus, adossés à l'immense mur protecteur de la grande maison cossue.

— Les mecs, c'est la maison du maire !

Les premières lueurs de l'aube blanchissaient déjà le ciel. Taz avait une furieuse envie de fumer et en voulait au monde entier de se retrouver sans tabac. Il regarda méchamment les belles pierres qui le soutenaient.

— On n'a qu'à se servir ! Jean-Jean l'avait regardé inquiet

— Se servir où Ducon, tout est fermé ! avait-il protesté d'une voix pâteuse.

— Ben ici, mon pote ! Le menton indiquait la haie vertigineuse.

— T'es con ou quoi, c'est la maison du maire !

— Justement, il a bien un ou deux cigares le gonze !

Et Taz racontait dans un fou rire, le pari, l'ascension silencieuse du mur de protection. Max n'avait pas suivi, il s'était adossé au mur, mâchouillant une tige cueillie sur un saule généreux.

— Putain, on était presque arrivé, on avait ouvert le garage. Sans dec, on a bien failli réussir !

C'est alors qu'une sirène s'était déclenchée « quel con, j'avais encore l'alarme de mon portable ! » Et en guise d'alarme, Taz, le dormeur au sommeil de plomb, avait mis le paquet : une sirène de pompier, volume maximum. De surprise, Jean-Jean avait trébuché sur la petite coccinelle bien parquée et bien proprette dont les feux envoyèrent des flashes intermittents, en même temps qu'une autre alarme plus stridente que celle du portable de Taz, prévenait les propriétaires d'une présence indésirable. La cavale s'était achevée derrière les barreaux.

Taz en avait fait son histoire fétiche. Il racontait, roulant des yeux, imitant les démarches, les expressions, tapant sur ses cuisses, accentuant le ridicule de la situation, même Helga n'avait pu résister à l'amusement.

Max riait aussi.

Il ne se souvenait de rien. Cette nuit-là, n'avait jamais existé. Les suivantes non plus. L'administration judiciaire les avait blanchis de l'accusation de vol.

Toute la période qui précédait était également un mystère. Max n'arrivait pas à comprendre pourquoi Helga et lui s'étaient déchirés au point qu'il avait quitté sa maison, sa famille, presque tout ce qui faisait sa vie. Il se souvenait de la colère intense, des réactions d'Helga, de leur impossibilité de parler, mais d'aucun évènement particulier qui expliquerait leur rupture. Helga était également, incapable d'expliquer. C'était arrivé, c'est tout !

Ils ont parlé des jours entiers, racontant, se racontant, extirpant le plus petit indice enfoui dans leur mémoire, dans leur corps, dans leur âme. Tous ces mots qui jonglaient de l'un à l'autre était de l'étonnant. Au début, ils se regardaient intimidés, gênés. Les paroles se bousculaient pour trouver leur chemin et se figeaient dans leur gorge, heurtaient les dents qui restaient serrées. Des « couacs », des « heu.. », des « mhmm... » accompagnaient les regards qui disaient. Avec des larmes au coin des yeux, des petits rires parfois, toujours prunelles fondues dans prunelles, ils ont persévéré. C'était comme reprendre sa respiration après une longue apnée. Ils avaient été « morts de l'autre » et la vie se devait d'exulter à nouveau... D'exulter enfin !

Il avait ouvert les yeux. Brièvement. Il les avait ouverts à nouveau, fixement cette fois, le regard accroché au regard d'Helga.

— Helga...

Helga avait caressé le front moite, puis y avait posé la fraîcheur du sien.

— Helga... soufflait Max. Helga...

Ses lèvres bougeaient, Helga posa son oreille sur le souffle

— Là-bas... Là-bas...

— ... J'étais mort de toi...

C'est ainsi que Max avait repris conscience vraiment et qu'il avait happé Helga pour que son cœur reprenne son battement vigoureux. Il avait erré un temps si long dans ce tunnel à l'obscurité dévorante. Un temps sans existence. Il avait erré lourdement, à la recherche d'une corde à tenir, d'un son, d'une lumière, n'importe quoi. Il y arrivait presque parfois. Son prénom s'insinuait dans sa tête comme une brise sereine. Il sentait alors qu'il n'était plus seul, qu'il était en sécurité. La voix l'aimait, le retenait, le ramenait. Tout s'apaisait alors, il se laissait porter.

D'autres voix s'étaient rapprochées avec leur conviction qui lui permettait d'escalader vers la vie avec une assurance grandissante.

La clarté était douce dans la chambre lorsqu'il fut expulsé complètement des ténèbres. Il a plongé alors dans le bleu-lavande penché sur lui.

— J'étais mort de toi là-bas… Il avait répété ce sanglot à l'infini.

— Là-bas ? Où était-ce ? Le sentiment d'abandon, de trahison, la sensation d'isolement et la terreur d'être rattrapé par la monstruosité, allaient le réveiller bien souvent en sursaut, le front baigné de sueur. Plus tard, il lui faudrait plonger maintes fois dans ces boyaux profonds pour revivre, accepter et s'en extirper définitivement.

Helga pleurait aussi. Elle n'avait pas douté : il reviendrait ! Jour après jour, elle était là pour le tirer hors de lui. Elle ne s'était pas juré de ne jamais faiblir : elle n'était que force, elle était la force. Une force terrible, invincible, pleine de rage, de cette rage enfouie toutes ces années masquée de fadeur complaisante. Les images s'emparaient d'elle. Des images de violence. Des images d'injustice. Des images de rejet. Tout était là, nourrissant cette rage puissante.

Au milieu des images, le géniteur avait rampé jusqu'à sa conscience et prenait une place dévastatrice. Cette partie d'elle-même qu'elle avait voulu effacer, demandait à être auscultée, entendue, reconnue. Elle la subissait, lèvres serrées, tentait de l'annihiler souvent, de l'écraser de sa force nouvelle. Rien n'y faisait, elle la subissait encore et encore. Alors, elle parlait au sommeil gémissant de Max. Elle lui racontait ses peurs, ses enfermements, ramenait, pour lui, les souvenirs qu'elle croyait morts. Elle découvrait aussi avec étonnement, sa peine. Elle avait mal de ce père tué en elle et cette réalité nouvelle demandait à exister. Elle l'observait, la disséquait, la transformait en mots pour le père de son enfant.

Elle interrogeait Marie-Jo, et attrapait au vol les moments d'amour, rares, fugaces tels les débuts d'un chemin non emprunté.

— Il repoussait la nuit ! S'il s'endormait, il s'agrippait à moi, jetait les couvertures, transpirait, hurlait, pleurait souvent. Ses sommeils étaient courts et effrayants.

— Il t'en a parlé ? Il te racontait ses cauchemars ?

— Jamais ! Il ne se souvenait pas – Je n'aime pas dormir, on perd du temps – c'est tout ce qu'il disait. Perdre quel temps ? Je te demande bien. Le temps des conneries, il en avait à revendre ! Dormir et travailler… Ah ça, c'était une autre histoire !!! J'avais ma petite idée, quand même… Je n'ai vu sa mère que deux fois et ça m'a suffi. Marie Jo avait pris un temps pour repenser à ces rencontres. Elle grattait compulsivement sa main gauche, laissant des sillons presque sanglants. Les deux fois c'était par hasard, au marché. Robin est resté de marbre, pas un sourire, pas un baiser. Il nous a présentées. La vieille s'est mise à rire

— T'as fini par te trouver une gonzesse le corniaud ! C'est donc que tu baises maintenant ?

— Putasse, avait-il répondu en crachant par terre ! La seconde fois, il avait juste fait un signe de tête, et elle avait hurlé « T'as pas un peu de blé à me filer, corniaud ? ». Il n'avait pas répondu, elle n'existait pas !

Marie Jo s'était tournée vers sa fille :

— L'amour fou, tu vois. Et quelle distinction ! Son visage était triste.

Helga, elle, n'avait aucun souvenir de cette femme qu'on lui avait décrite vulgaire, repoussante et violente. On la disait morte aujourd'hui.

Marie-Jo ne connaissait de l'enfance de Robin que les quelques cicatrices visibles de son corps ; cette balafre sur l'épaule, ce doigt définitivement déformé ; elle savait par les autres, les gens du village et des villages voisins, les nuits d'abandon, les hurlements quand la mère rentrait, les errances dans la rue, avec la sœur aînée, à peine plus grande que lui. Elle livrait tout cela à Helga qui interrogeait, avec précision, sans ciller, sans faiblir.

Derrière le monstre se dessinait le visage, grave et sale, d'un enfant, aux yeux gris perle qui ne pleuraient jamais. Enfant mal aimé. Enfant battu, souvent pas nourri. Enfant sans amour, ni pour lui, ni pour d'autres. Enfant apprenant de la rue. Enfant drogué. Enfant sans père comme le fut des décennies plus tôt, l'ami, vague-cousin, presque frère, l'aïeul d'Helga, elle l'avait appris en même temps qu'elle découvrait la légende. Son rejet – et la malédiction de Zéladia, rajoutait le vent – avaient créé une lignée de monstres dont elle était issue. Marie-Jo faisait revivre les blessures de l'âme, celles qu'elle avait crues, un temps, adoucir ; elle y parvenait bien parfois, mais très vite le pansement s'arrachait et le monstre reprenait sa place. Robin, alors, la haïssait de l'avoir, un court moment, dépossédé de sa cuirasse.

Helga questionnait, ruminait, imaginait, questionnait encore. Dans les réponses de Marie-Jo, un père naissait, caressant le ventre arrondi, dans lequel elle grandissait, puis tendant un doigt auquel le bébé s'agrippait, soulevant l'enfant pour l'exhiber avec fierté aux pochards du bar d'en face. De courts moments de fusion qui avaient existé, avant les injures quand Marie-Jo se levait la nuit pour nourrir ou pour calmer, avant les colères quand Marie-Jo faisait passer le bain avant l'apéro ou l'achat de couches avant celui des bières.

— Je sais, chérie, que ce n'est pas facile à croire, mais

j'étais complètement accro à ton père au début. Et je te promets qu'il était fou de moi. On a eu nos bons moments. Je ne regrette rien ! Et puis tu es là toi. Rien que pour toi et tes frères, je recommencerais.

Helga reconstituait le puzzle d'elle-même, refaçonnait la partie rejetée, se complétait. Elle prenait tout, parfois avec dégout, parfois avec tristesse ; elle savait que c'était entière qu'elle pourrait poursuivre le chemin emprunté avec Max et Zoé.

Les parties manquantes ramenaient des questions : les lieux, les gens, son histoire, celle de sa mère, celle de son géniteur…

Et avant ? Avant tout ça ? Avant Robin ? Avant la folle ?

On remontait le temps… Loin… Avant… On remontait jusqu'aux chuchotements, ceux de la légende, ceux qui ne s'étaient jamais éteints. Marie-Jo racontait ce dont elle se souvenait de l'histoire transmise, les vieux colmataient les trous : les terres voraces, l'amour des deux cousins, l'arrivée de Zéladia, la mort de l'un, peut-être meurtre, le bannissement de l'autre, peut-être injuste. Le village avait depuis longtemps été absorbé par le bourg, mais il restait quelques anciens dans le, désormais, quartier excentré. Les bouches édentées, se rappelaient les récits de leurs propres vieux et tentaient de faire revivre l'histoire du village, ses peines, ses fêtes, les êtres qui avaient compté. Les souvenirs se contredisaient parfois, les vieux se disputaient la vérité. Et toujours la légende… Max et Helga se rejoignaient dans un espace autre. Ils se fondaient dans l'image de Maximilien et du vague cousin.

Elle traduisait tout à l'homme perdu dans sa tête. Plus tard, elle racontera à l'homme revenu à la vie, la magie de l'amour, l'horreur des trahisons, la douleur des abandons. Ensemble, ils ont continué d'interroger, s'extasiant et s'effrayant tout à la fois, de s'être retrouvés, au-delà du temps, de la vie, de la mort. Était-ce possible ? Toujours et Jamais prenaient un sens particulier pour eux. Helga inscrivit ces deux mots en lettres gigantesques sur les murs blancs de leur chambre. Toujours et Jamais se faisaient face et ils les scrutaient en essayant de comprendre.

———

Le psy de l'hosto, s'était immiscé tranquillement et fermement. Deux fois par semaine, blouse blanche et visage jovial, il transmettait avec bonne humeur et enthousiasme, sa foi en la vie, aux rencontres qui transforment, aux maux qui guérissent. Il s'émerveillait des circonstances et leur apprenait à s'émerveiller, même des grandes douleurs. Henri Petra les amusait, les titillait, les bousculait. Il écoutait les récits d'Helga, les souvenirs de chacun, les rêves qui avaient agité leurs nuits. Il formulait, reformulait, proposait, interrogeait à son tour, faisait des jeux avec les mots, les noms, les prénoms, revisitait avec eux les souffrances pour les rendre lumineuses. Il les initiait à l'esquisse de l'arbre de famille, les obligeant à réfléchir à chaque médaillon tracé, à aller fouiller dans les photos, les archives, les souvenirs, à enquêter sur les prénoms, les naissances, les mariages, les départs. Il faisait entrer dans leur couple les pères, mères, oncles, tantes, grands-parents, tout un présent et un passé qui se nouaient pour les envelopper dans la légende. Ils l'ont décortiquée, cette légende, stupéfaits. Ils ont effleuré Zéladia la belle et Maximilien le fougueux, se sont laissés transporter par leurs danses langoureuses. Ils ont vu passer la sombre silhouette du vague cousin, et ont faibli de compassion. Ils ont senti la terreur du beau gosse dans la course-poursuite effrénée, l'ont suivi dans ses dernières images. Ils ont baissé la tête avec le vague cousin, s'enfuyant dans la nuit, le cœur déchiqueté de la perte et de l'injustice qui lui était faite peut-être – qui saura – . Ils ont hurlé avec la jeune mère, amante esseulée. Ils ont dormi près de l'enfant abandonné. Henri Petra ne laissait rien passer, tout avait un sens, ils l'apprenaient avec gratitude. La chambre d'hôpital d'abord, puis le bureau-fouillis d'Henri, leur salon enfin, s'étaient peuplés de noms, de dates, de lieux, de faits et de mystères qu'ils convoquaient avec curiosité. Ils partageaient le sang qui coulait dans leurs veines, et offraient à celui de Zoé, une rivière d'amour.

Les deux familles participaient parfois. Helga voyait ses frères s'adoucir, s'émouvoir. Georges, le taciturne, le protecteur, semblait se réconcilier avec la vie et s'ouvrir un peu au monde. C'était léger, très léger, et Zoé était devenue le cœur de son attention.

Leur drame, cette immense souffrance, la plongée dans la folie, leur disaient aujourd'hui qui ils étaient, en leur apprenant l'amour. Max et Helga se découvraient beaux l'un sans l'autre, beaux dans tout ce qui les constituait, beaux dans leur histoire singulière. Ils pouvaient maintenant être beaux l'un avec l'autre. Ils suivaient l'écheveau de ce lien qui les unissait, celui des violences qu'ils s'étaient infligé, celles qu'on leur avait infligées, par-delà le temps. L'amour était omniprésent : amour passion, amour possession, amour déçu, amour trahi, amour douleur. Des colères encore puis le pardon, à eux-mêmes et à leur sang. Des rires, des larmes, des rêveries, seul ou à deux, des émotions encore et encore. De longs mois de paroles. Tout dire, avec Henri, sans Henri. Tout connaître pour avancer autrement.

De longs mois de rage… De longs mois d'impatience. Helga recevait tout, se retranchait dans une solitude de quête, puis laissait jaillir les mots purifiés. Elle revenait aussi, sur l'autre partie d'elle-même, celle qui lui avait permis de se protéger longtemps au creux de la carapace, puis d'en jaillir, louve sans chaîne hurlant sa liberté. Elle aimait sans condition toutes ces femmes avant elle, qui avaient, chacune, acquis un peu plus de force, pour lui transmettre, à elle, Helga, cette puissante énergie que nul ne pourrait plus brider.

Max se laissait guider. Ils gravissaient ensemble ce monde qui leur appartenait, se soutenaient quand les pas trébuchaient, se détournaient l'un de l'autre quand la colère menaçait. Henri, alors, les prenait par la main et leur montrait un autre possible. Ils suivaient les chemins, se trompaient parfois et faisaient demi-tour, se reposaient et repartaient, plus forts, plus sûrs. Et ils s'émerveillaient chaque jour un peu plus de tout ce qui s'était mis en place au fil du temps, pour qu'aujourd'hui ils se rencontrent vraiment. Il y avait dans cette conspiration des évènements comme de l'inéluctable. Ils n'osaient le penser clairement, mais au creux de leur être, là où vivait l'indicible, il y avait la certitude que leurs âmes trop tôt séparées s'étaient enfin rejointes.

Dans les yeux bleu-lavande, les flammes de la vie avaient remplacé le pastel de la non-vie.

Helga, posa sa tasse sur la jolie table ronde du jardin. Ses pieds nus absorbaient la timide chaleur de la terre. Elle sentait chaque petit caillou s'enfoncer dans sa chair. Elle s'adossa à l'arbre qui lui avait parlé si souvent, et se laissa pénétrer de toutes les décennies circulant dans sa sève. Un bonheur tranquille et doux l'envahit. Elle sourit à ce moment de complétude. Elle eut envie de danser, et entraîna son corps dans quelques pas légers.

Elle entendit le réveil de son amant, écouta les toussotements de début de journée, le bruit des pas familiers sur le plancher de bois. Elle ferma les yeux pour mieux deviner sa présence, accueillit le bras qui vint se poser sur son épaule, se laissa attirer contre son corps.

Max, appuyé sur son dos la berça, sa joue contre sa tête, puis il caressa avec douceur le ventre arrondi pour la seconde fois. Encore une fille, Helga en était sûre ! Le tendre pli des lèvres se fit malicieux. Dans le salon de la maison voisine, Maximilien l'ancêtre souriait sous sa mèche rebelle. Son regard fixait l'ombre près de celle du photographe. Quelque part, un vague cousin s'apaisait enfin, et rendit le sourire.

Helga la louve aux yeux bleu-sérénité pensa aux femmes de son clan. Elle s'en imprégna longuement avec amour, les remercia d'un signe de tête et s'en fut vers sa liberté.

REMERCIEMENTS

Merci aux femmes de mon clan qui m'ont transmis tout ce qu'elles ont pu au fil des générations.

Je remercie aussi, pour leur participation active, lecture et correction : Jean-Christophe P, Sylvie C, Valérie V.

Je remercie pour leur lecture, leurs encouragements et/ou leur avis : Isabelle B, Isabelle de H, Marie-Claude M, Éloïse P, Christelle A, Malika B, Claire M, Marie-José B, Josée L – aujourd'hui partie-

Je remercie Loule pour le cadeau inestimable de l'illustration de la couverture.

Et bien sûr, j'adresse toute mon affectueuse reconnaissance à mes soutiens fidèles :

Muriel L et Hélène M.